KB074790

서툴더라도

반짝이게 살아갈 것

채민성 지음

지식인하우스

서툴더라도 반짝이게 살아갈 것

여전히
아득해도

우리는
틈틈이

반짝이며
살아가자고

차례

#1

진심에는 계산이
존재하지 않는다

#2

**깊은 사랑을 하는 사람들은
뜨거움에 사랑하고 뜨겁지 않음에
더 큰 사랑을 한다**

#3

삶을 오롯이 채우는 것은
많은 숫자가 아닌
몇 안 되는 하나의 마음일 때가 많다

#4

**그렇게 흐르던 마음도
결국 한곳으로 모이고**

#5

우연이 반복된다는 건
과감히 운명에 기대어 보라는
초록불의 신호일지도

진심에는
계산이
존재하지
않는다

우
산

—

　창 너머로 6월의 장마를 바라보고 있다. 형형색색의
우산들이 거리를 누빈다. 단조로운 검은색부터 시작해, 염
소를 떠올리게 하는 흰 바탕에 검은 점박이까지. 좁은 길
사이로 수많은 우산이 촘촘히 들어차 춤을 춘다.

　무심코 바라보자니 커다란 검은색 우산이 눈에 띈다.
큰 가방을 메고 있더라도 젖지 않을 정도의 크기. 그렇다
면 저 아래에는 두 명이 거닐고 있지 않을까, 하는 뻔한 예
상을 해 보았지만 빗나갔다. 한 명뿐이었다.

　반대로, 그 옆을 지나는 투명하고도 작은 우산 아래에
는 두 명의 사람이 있다. 두 사람이 쓰기엔 한참이나 모자
라 보이는데…. 한쪽의 어깨는 분명 축축하게 젖어 들어가
고 있으리라.

때로는 우산의 개수가
마음의 간격을 표현하기도 한다.
간격이 가까워질수록 두 개의 우산은
서로를 허물어 하나가 된다.

두 개의 마음이
서로를 포개어 하나가 되듯.

또 하나의
이름

—

　"저걸 뭐라 부르는지 알아? '윤슬'이래. 이름도 참 예
쁘지."

　두 해 만에 여수를 찾았을 때, 누군가 알려 준 이름이
었다. 햇빛이 파도에 걸려 부서지듯 비치는 저 장면을 '윤
슬'이라 한단다. 아름다운 장면에 넋을 놓고 한참 시선을
빼앗겼다. 어지간한 이름은 쉽게 흘려버리는 자신을 아는
탓에, 이것만큼은 담아 두자며 계속 되뇌었다. 그러다 자
연스레 이름에 관한 생각으로 깊어져 갔다.

　이름. 무엇을 부를 때 붙여 부르는 말.

　사람이 사람을 부를 때, 부모가 정성스레 지은 이름
대신 부르는 것이 있다면 그 또한 그 사람의 이름이라 생
각한다. 이를테면 '아들'이나 '딸', 혹은 '선생' 같은 것들.
부모 아래서 자란 자식은 '아들, 딸'이 부모가 자신을 부르

는 또 하나의 이름임을 안다. 선생 또한 다르지 않다. 제자가 '선생'이란 또 하나의 이름으로 자신을 부름을 안다. 한 사람이 가진 수많은 또 하나의 이름들. 사람이 사람을 부를 때마다 끊임없이 새로 태어나는 모양이다.

세상의 이름들을 조심스레 들여다본다. 아들, 딸, 형, 누나, 동생, 엄마, 아빠, 친구, 선생, 제자, 작가, 요리사, 기사…. 사람이 사람을 부르는 수많은 또 하나의 이름들. 곰곰이 들여다보면 그것들은 우리가 어디에서 출발하여 누구와 함께 어떤 생을 살아가는지, 혹은 무엇이 나를 간절하게 살아가게 하는지에 대한 삶의 까닭을 증명하는 듯하다.

함께하는 것만으로도
반짝인다

간
격

—

검붉고 커다란 달이 떴다. 보아하니 평소와는 제법 다른 것 같아 찬찬히 기억 속을 되짚어 봤다. 색다른 달이 떠오른다는 기사를 며칠 전에 접했던 것 같다.

'레드문'이라 했던가. 그게 오늘인가 보구나.

하늘 아래 살면서도 자주 마주하지 않은 지난날을 반성이라도 하듯 한참을 넋 놓고 바라봤다. 무엇이 그리도 부끄러운지 몹시도 달아오른 얼굴. 조심스레 카메라를 켰다. 눈동자 속에 비치는 장면을 아끼고 싶거나, 아끼는 사람에게 보여 주고 싶을 때면 나오는 오래된 버릇이다.

작은 화면에 담긴 달은 부끄러운 듯 저 멀리 달아났다. 확대해야만 비로소 내가 느끼는 거리와 얼추 비슷한 듯했다. 신기했다. 내 눈에는 그리 멀지 않아 보이는 것이 화면 속에는 저만치 멀리에 있으니.

그것이 진짜 간격이라 생각하니 문득 궁금증이 솟아올랐다. 우리의 긴격은 내 생각에 한 뼘 정도인데, 당신에게는 어느 정도일까.

사람과 사람 사이를 일컫는 말 중에 가장 좋아하는 표현이 있다면 '내 사람'이라는 표현이다. 좋아한다는 표현을 넘어서 사랑한다. 혹자는 그렇게 구분하는 행위를 마냥 좋게 바라보지 못한다 할지라도, 적어도 나는 그렇다. 그저 진심을 가지고 문을 두드리면 된다 생각하기에.

'내 사람'이라는 말은 누군가에게 건넬 때도 좋지만, 고스란히 전해받을 때는 더 소중해진다. 정성껏 매듭지어 묶어 놓은 선물 상자를 건네받는 것 같은 기분이랄까. 그 마음이 너무 예뻐서 뜯어보기 아까운 마음, 뜯어보지 않아도 안에 무엇이 있을지 알 것 같은 마음.

조심스레 화면에 다시 담아 본다. 좁은 화면 속에서도 부디 오랫동안 함께인 우리이길 바라며.

**진
심**

계산이 존재하지 않는 마음

침묵의
포옹

—

삶이 장마였던 때가 언제였느냐 누군가 묻는다면, 저
마다 떠오르는 시절 하나쯤은 있을 것이다. 그렇다면 조심
스레 하나의 물음을 더 얹어서 건네 보고 싶다. 살면서 건
네받은 가장 큰 위로는 어떤 것이었느냐고. 여태껏 내가
보았던 가장 큰 위로는 어느 역에 있다.

한 남자가 두 명의 경찰과 대치하고 있다. 무엇이 그
토록 남자의 화를 지폈는지 모르겠으나, 한참 제지해도 쉽
게 화를 가라앉히지 못하는 모양이었다. 마음이 굳게 닫힌
탓이었을까. 높은 언성이 오가며 서로의 간격이 조금씩 좁
혀지기 시작했다. 이를 지켜보는 시민들의 마음에 우려의
목소리가 울려 퍼졌다.

일촉즉발의 상황, 순간 한 명의 시민이 불쑥 등장한
다. 연이어 누구도 예상치 못한 용기를 낸다. 시민이 남자
에게 다가갈 때, 사람들은 어떤 생각을 했을까. 아마 대개
는 이러할 것이다.

'경찰을 도와 함께 제지하겠군.'

그러나 예상은 철저하게 빗나갔다. 남자에게 가까이 다가간 시민은 그를 꼭 안아 주었다. 연이어 귀에 대고 이렇게 속삭이는 듯했다.

"이제 괜찮아요. 그만하셔도 돼요."

이름 모를 시민의 품에 안긴 남자의 화는 순식간에 눈 녹듯 누그러졌다. 그토록 저항하던 마음이 간절하게 원했던 건, 사실 단 한 번의 따뜻한 포옹이었던 것일까. 남자의 표정에는 수많은 설움이 살아 있었다. 입 밖으로 소리 내어 말하지 않아도 말하고 있는 듯했다. 나도 이러고 싶지 않았다고.

그저 따뜻한 품이 필요할 뿐인데 자꾸만 계산을 할 때가 있다. 몇 마디의 따뜻함이 동봉된 소포와 함께 마음의 문을 두드려야 하는데, 마음의 밖에서 문을 쾅 닫고 버럭 소리칠 때가 있다. 누구나 두 팔 벌려 안아 줄 품과 안길 품을 가지고 태어났음에도 불구하고.

계
산

힘듦을 앞에 두고서 왜 무게를 재는 건가요. 마음이
지쳤다는 표시인데 머리로 하는 판단이 뭐가 중요해요. 그
저 포옹이 필요할 뿐인데, 자꾸만 계산을 하고 있잖아요.

독
백

저는요. 생각보다 얕고 자잘한 부분에서 제법 정을 느끼는 사람입니다. 누군가 진심으로 내 마음을 두드려 준다면 이제 겨우 한 발짝 내디딘 관계에서도 속마음을 모두 털어놓을 수 있고요. 그렇게 좁아진 간격 안에서 타인에게는 함부로 내비치지 않던 어둡고 모난 마음도 성큼 보여주며 나는 이런 사람이라고 고백할 수도 있습니다. 때로는 바보 같을지라도 따뜻한 정을 느끼는 간격에 머물고 싶어요. 계산 없는 마음으로.

순서 없는
시작

—

한적한 테라스에 앉아 그늘 아래서 예쁜 단어를 고스란히 모아 건네주는 것으로 시작할 수 있고, 손 크기를 재어 보자며 맞댄 손을 뻣뻣하게 깍지로 이어가며 시작할 수도 있다. 달빛 아래 고요한 분위기 속에서 달아오른 취기를 핑계 삼아 참았던 입술을 맞추며 시작할 수 있고, 한숨을 쉬며 그 무게만큼 굽어 있는 등을 토닥이며 시작할 수도 있다. 피곤에 못 이겨 무거워진 눈꺼풀에 어깨를 내어주며 시작할 수도 있고, 자연스레 한 뼘 사이로 가까워진 간격에 살결이 맞닿으며 시작할 수도 있다. 사람은 둘인데 우산은 하나라는 핑계로 시작할 수 있고, 도로 근처는 위험하다며 너는 안쪽으로만 걸으라는 따뜻한 당김으로 시작할 수도 있다.

그러니까,
순서가 없다는 말이다.
순서가 없다는 말은
지금일 수도 있다는 말이다.

물
생활

—

　몇 년간 물고기를 길렀다. 흔히 이쪽 세계에서는 '물생활'이라 부른다. '물'과 '생활'의 합성어인 셈이다. 친척 집에 들렀을 때 선물받은 금붕어와 동그란 어항이 시초였다. 얼마 되지 않아 시름시름 앓는 모습을 보고 몇몇 동호회에 가입해 공부하기 시작했다. 사막을 방황하다 오아시스를 발견한 사람처럼 가슴이 뛰었다. 세상에 생각보다 아름다운 물고기가 많아서였다.

　다양한 종을 길러 봤지만 가장 오래 함께한 건 '구피'였다. 물생활을 하는 사람들 사이에서는 '구피로 시작해 구피로 끝난다'는 말이 있을 정도로 인기가 많다. 한번 발길을 들이면 기어코 끝을 봐야만 하는 성격이라, 상상으로는 스무 개 정도 되는 어항을 촘촘히 펼쳐 두고 맘껏 기르는 꿈을 꿨지만 현실은 차가웠다. 그럴 형편이 안 됐다.

그러던 어느 날 기회가 찾아왔다. 매일같이 물생활에 빠져 있는 손자의 모습을 본 할머니가 선뜻 창고 한 칸을 내어 준 것이다. 현관문을 나서면 근처에 바로 외가가 있어, 원 없이 물생활을 즐길 수 있었다. 그 시절의 나에 대한 기억은 그곳이 전부일 정도로.

물생활은 고향인 대구를 떠나기 전까지 이어져 왔다. 하루의 대부분을 관리하는 일에 할애했다. 난생처음 앵글 (선반 등을 만드는 철제)을 이용해 축양장을 만들어 보고, 효율적인 시스템을 원해 자동으로 물을 갈아 주는 시스템까지 구축했다. 영양가가 풍부한 실지렁이까지 매일 사 먹이니 개체 수는 하루가 다르게 폭발적으로 늘어갔다. 한 쌍이 서른 마리가 되고, 서른 마리가 수백 마리가 되는 마법 같은 일들이 연이어 일어났다. 번식시킨 구피를 동호회에 분양하는 일이 당시의 소소한 기쁨 중 하나였다.

지하철역을 나와 펼쳐진 등굣길 골목에는 작은 횟집이 하나 있었다. 대개의 사람은 그냥 지나치는 수조 속의 풍경이 꽤 달리 보였다. 보는 눈이 전과는 사뭇 달라진 까닭이다. 지나쳐 가는 찰나에 훑어보아도 물고기의 상태가 어떤지 뻔히 보였다. 헤엄으로 말하고 있는 듯했다. 아프다고.

친구들에게 혹시나 저 횟집을 가려거든 당장 생각을
접으라고 말하곤 했다. 오랜 시간을 물고기들과 함께 마주
했기에 가능한 일이었다. 멀리서 걸어오는 걸음만 보고서
도 누군지 알 수 있는 이치와 제법 닮았다.

함께하는 시간이 깊어지면 은연중에 나오는 행동에서
도 마음을 헤아릴 수 있게 된다. 말하지 않았음에도 알 수
있는 것들은 분명 있다.

가
면

—

나는 원래 그런 사람이었다고 말하는 당신에게.

"그렇다면 나는 당신의 태도를 사랑한 것이군요."

계산 없는
관계

더는 견딜 수 없어 대학 병원 응급실로 향했다. 링거액을 맞으면 잠시 괜찮았다가 이내 다시 돌아오기를 반복했다. 곧바로 대구로 내려와 입원 절차를 밟았다. 수시로 갈아 치우는 링거액에 몸은 서서히 안정을 찾아가는 듯했다.

다음 날. 입원했다는 소식을 들은 친구 녀석들이 들이닥쳤을 때, 나는 물 한 모금도 자제하라는 의사의 소견을 받은 직후였다. 몸은 어느 정도 진정된 것 같은데, 무엇도 먹지 못해 허기져 있었다.

그때였다. 녀석들은 나를 어수선한 응급실 밖의 벤치로 데려갔다. 그러곤 슬그머니 앉히더니 양옆에 나란히 앉았다. 무슨 짓을 하려는 심보인가 싶어 물어보려는 찰나, 보란 듯이 몹쓸 작업이 시작됐다.

녀석들이 준비한 것은 두 마리 치킨. 양쪽에 앉은 녀

석들이 보란 듯이 치킨을 쥐고는 얄미운 표정으로 쩝쩝 소리까지 내며 뜯는다. 정말 친한 사이라서 가능한, 그런 얄미운 장면 말이다. 군침이 돌았지만 어쩌겠는가. 물 한 모금도 못 삼키는데.

아프다는 소식에 달려와 놓고는 치킨을 뜯으며 놀리는 녀석들. 끝에는 빨리 나으라는 말 한마디만 대충 던지고 자리를 뜬다. 어이가 없어 실없는 웃음이 튀어나오다가도 한편으로는 허물없는 관계란 이런 것이 아닐까란 생각을 한다. 애초에 계산이 없어서 선을 자유자재로 넘나들 수 있는 관계. 몹쓸 행동조차도 그저 포근한 한바탕의 웃음거리가 되는 그런 편안한 관계 말이다.

동
행

—

　오래전 연인이 해 주었던 말이 하나 있다. '혹여나 우리가 평생을 함께한다면'이라는 가정으로 시작해 '필히 거쳐야 하는 하나의 과정이 있다'는 맺음으로 마무리됐다. 그것이 무엇이냐 휘둥그레진 표정으로 물으니 다름 아닌 '등산'이라 했다. 다만 누군가와 함께해야 한다고 했다. 그녀의 어머니였다.

　오랜 등산 경험으로 산행 중에 사람의 본질을 들여다본다는 것이다. 무슨 말인지 궁금증이 차올라 물어보았으나 답을 아끼는 눈치에 물음을 거둬들였다. 그로부터 제법 멀리 떨어진 훗날, 많은 일이 우리 둘 사이를 지나갔을 무렵. 그녀는 내게 슬그머니 그때의 대답을 들려줬다. 그것은 마치 조각난 관계의 유언처럼 지금까지 내 귓가를 맴돈다.

"정상까지 오르는 건 기본이고, 틈틈이 나오는 은연중의 행동을 보는 거야. 쉬어 갈 때 물을 꺼내 자신보다 옆 사람에게 먼저 건네준다던가 하는 지극히 사소한 행동 말이야. 산에서는 그런 것들이 고스란히 드러나거든."

고
백

—

그러니까, 사랑을 하고 싶어 만난 게 아니라 만나다
보니 문득 사랑이 하고 싶어졌다는 말이에요.

어느 눈동자
속에서

　　잘라 내야만 하는 것들, 이를테면 손톱이나 머리카락 같은 것들. 적당한 길이에서 머문다면 아름다울지라도 그것이 조금이라도 과할 때면 지저분해 보이기 십상이다.

　　그렇다면 마음을 잘라 내고 싶다면 어떻게 할까. 더 커지면 감당할 수 없을 것 같은 때, 지금 잘라 내지 않으면 상처가 되어 돌아오지 않을까 할 때. 그러나 '처음'의 앞에서 만큼은 누구나 황무지의 사막을 걷는 법. 어떠한 크기가 적정한 것인지, 또 아름답게 머물 수 있는 것인지 알 도리가 없다. 하늘에 드리운 노을을 넋 놓고 바라보듯 그저 바라만 볼 수밖에.

　　그러다 그것이 자신의 몸집보다 커질 때면, 자신보다 누군가를 더 사랑하곤 한다. 정신을 차리자는 다짐, 모든 것을 내어 주지 말자는 계산적인 마음은 손아귀를 벗어난 한철의 문장이 된다. 먼지가 수북이 눌어붙어 버린다.

서로의 눈동자 속에 살아가며 사랑이 깊어지면
언젠가는 떠날 것이란 사실이
가끔은 서로를 슬프게 한다.
그 가끔은 틈틈이 살아나서
다시금 외로움을 알아채게 한다.
그래서 사랑이 깊어지면
또 다른 외로움을 알게 된다.

그것은 보이지 않아서
잘라 낼 수도 없는 것이었다.

신
뢰

─

　어설픈 위로보다는 침묵의 포옹이 더 따뜻할 때가 있다.

　그럼에도 가장 큰 위로는, 매일같이 쌓아 온 언제나
내 편일 것이라는 믿음일 테고.

다
시

계절은 돌아온다.
그때가 되면
태연하게
다시 꽃피울 것.

허물이 무너지는 순간

처음 얼굴을 마주한 날, 허물이 급속도로 무너졌다. 몇 마디 나누었을 뿐인데 금세 정을 내어 주고야 말았다.

왠지 그런 사람들이 있다. 정을 안 줄려야 안 줄 수 없는 사람, 오늘 처음 만났는데 몇 년은 알고 지낸 형 동생처럼 마음이 자꾸 편해지는 사람, 마음의 모난 부분을 내비쳐도 괜찮을 것 같은 사람. 특히나 잔정이 많은 사람일수록 이러한 상황에 가차 없이 무너지기 마련이다. 쉽게 정을 주지 말자던 다짐이 또다시 수포가 되어 버린다.

한 날은 그 까닭이 몹시 궁금했다. 어찌 사람의 마음을 그리도 쉽게 열어 버릴까. 딱 맞는 열쇠라도 뚝딱 만들어 버리는 것일까, 네 자리의 비밀번호라도 알고 있는 것일까. 물음표를 가만 못 두는 버릇이 슬그머니 발동하며 질문을 던졌다.

괜히 마음까지 포근하게 만드는 사람은 대체 어떤 사람이냐고. 정을 주지 않으려 애써도 어찌하여 주게 되는 사람인 거냐고. 거대한 호수에 작은 돌멩이를 던진 것처럼 잔잔하게 침묵이 이어졌다. 얼마 후 돌아온 대답은 이러했다.

"먼저 마음을 여는 것, 어쩌면 그게 다인 것 같다. 정말 뻔한데 쉽지 않지."

요
즘

—

　너무 바쁘게 흘러가지. 한 줌 쥐어 볼 틈도 없이 오늘
은 금세 어제가 되고, 풋풋했던 몇몇 시절이 추억의 웅덩
이로 모여들지.

　그 속에 진짜 사랑 하나쯤 있길 바라는 마음은 또 여
전하고.

회
상

어제는 생각보다 진심이었고,

어쩌면 오늘은 꽤 계산적인지도요.

여행지의
풍경

혼자 여행을 떠났다. 여행과는 썩 거리가 멀던 사람이었기에 낯섦과 두려움 같은 것들이 마음을 자꾸만 헤집어 놓았다. 기차표를 알아보는 일도, 하루를 보낼 숙소를 예약하는 일도 모두 낯설고 어색했다. 우여곡절 끝에 도착한 곳은 정동진. 일출이 꽤 아름다운 명소인데, 철길을 따라 달리는 기차에서 창밖으로 시선을 돌리니 바다가 한가득 펼쳐졌다.

종착역이라는 방송과 함께 떠밀리듯 기차에서 내려 곧바로 숙소로 걸음을 옮겼다. 골목길 모퉁이에 자리한 작은 게스트하우스. 사실 게스트하우스는 내게 다소 생소한 공간이었다. 처음 마주하는 사람들과 같은 방에서 하루 동안 지낸다는 것이 신기했다.

그곳에는 독특한 문화가 하나 있다. '파티'였다. 숙소에서 머무는 사람들끼리 저녁에 모여 저마다의 이야기를 안주 삼아 술잔을 기울이는 것이다. 돌이켜 보면 정동진의 작은 게스트하우스가 부지런히 여행을 다니기 시작한 출발점이었다. 바다를 보러 떠나온 곳에서 사람의 풍경에 빠졌다. 술잔 몇 번 기울이면 허물을 금세 없애는 버릇 탓이다.

시간이 허락될 때면 부지런히 가벼운 여행을 즐기곤 한다. 주로 바닷가 근처에 자리한 숙소 하나만을 잡아 둔 채 계획 없이 떠난다. 여행지의 풍경과 함께 때로는 사람의 풍경에도 깊이 빠진다. 저마다 살아가는 수많은 이야기를 마주한다. 태어난 곳도, 살아온 숫자도 다르지만 여행지에 오늘 함께 있다는 사실만으로 허물을 터놓는 순간. 삶은 그렇게 해서 한층 또 깊어져 갈 수 있는 것이라 믿는다.

끌
림

친구 녀석이 일한다는 카페에 들렀다. 아날로그 감성을 그대로 담아 놓은 듯한 분위기. 입구에 들어설 때부터 특유의 감성을 일깨우는 듯했다. 내부는 심플했다. ㄷ자로 된 등받이가 없는 의자. 그리고 큰 탁자 하나. 옹기종기 모여 사람들이 웃고 떠드는 장면을 보고 있자니 문득 어떤 소문 속으로 생각이 빨려 들어갔다.

손님이 오랫동안 머물러야 유리한 술집의 경우에는 푹신한 의자인 반면, 회전이 중요한 가게의 경우에는 딱딱한 의자가 많다던 소문. 그것이 진실에 속하는지 모르겠지만 참 단순하지 않은가. 편안하면 오랫동안 머무르고, 그렇지 않으면 빨리 자리를 뜨는 게 사람이라는 것이. 조심스레 주위를 둘러봤다. 폭신함이라곤 전혀 없을 듯한 딱딱한 의자. 저 자리라면 나의 경우 30분 정도면 허리가 아파 오리라. 그리고 높이가 의자와 다름없어 보이는 탁자. 무언가를 얹어 놓고 바라보기엔 불편할 것이 분명했다. 다시 생각이 차올랐다. 소문이 맞았던 것일까.

오후 내내 여닫이문은 빠르게 사람들을 반기고 떠나보냈다. 그럼에도 떠나지 않은 몇몇 사람들을 바라봤다. 무엇일까. 몸을 조여 오는 불편함에 강한 것일까. 그보다는 특유의 분위기나 풍경, 온도 같은 것들을 더 사랑하기 때문일까.

편안함과 불편함에 따라 머무르고 떠나는 게 사람이라지만 그렇지 않을 때도 있는 듯하다.

속절없이 자꾸만 어떤 분위기의
향수에 끌리게 되는,
그런 순간처럼 말이다.

전부의
마음

—

식어 버린 아메리카노를 마시고 있었다. 뻐근함을 쫓아내기 위해 양손을 어깨 위로 올려 당기자, 고개는 약속이라도 한 듯 살포시 창밖으로 향했다.

창 너머의 인도를 거니는 수많은 행인. 신호등 아래서 초록불을 기다리는 사람들의 뒷모습이 왠지 모르게 바쁘게 느껴질 때, 옆에 놓인 한 그루의 나무가 눈에 들었다.

제법 초라한 행색이었다. 불과 며칠 전까지만 해도 나무를 빼곡히 덮어 주던 것들이 약한 바람조차 이기지 못해 이별하고 있었다. 그 모습을 진득이 바라보고 있자니 세상의 것들은 참 닮았다는 생각이 문득 머릿속을 거닐기 시작했다.

계절의 온도가 바뀌었다는 이유로, 불어오는 바람이 제법 쌀쌀해졌다는 이유로, 잎은 가지를 이탈하여 낙엽이 된다. 그것이 견뎌 내는 것인지, 이겨 내는 것인지 모르겠으나 잎과 이별한 나무는 초라한 가지만을 남긴 채 긴 겨울을 홀로 보낸다.

사랑도 어찌 다를 수 있으랴. 마음이 뜨거워졌다는 이유로 전부를 내어 주며 사랑을 하던 사람이, 마음의 온도가 변했다는 이유로 불쑥 떠난다. 전부를 내어 준 마음은 이불 없는 나무가 되어 홀로 추운 겨울을 보낸다.

이윽고 혼자에 익숙해질 즈음, 머리칼을 쓰다듬는 선선한 바람이 불어온다. 거리에는 봄의 행렬을 알리는 신호탄이 곳곳에 터진다. 꽃이 피어나 사람과 사람의 간격 사이에서 휘날린다. 계절의 온도가 바뀌었다는 이유로, 마음의 온도가 바뀌었다는 이유로, 다시 사랑을 시작한다. 다시 마음이 뜨거워졌다며, 다시 전부의 마음을 내어 주며.

선
택

굳이 나를 증명해야만 지속되는 관계가 있고 자연스레
지속되어 나를 증명시켜 주는 관계도 있다.

선택은 오로지 나의 몫이겠지.

대책 없는
마음

줄곧 궁금했다는 핑계로 번호를 눌렀다. 까마득한 시간대에 무엇을 하냐는 뻔한 물음. 날이 제법 차다며, 별일은 없냐는 대화는 마치 속이 훤히 비치는 찌그러진 페트병처럼 이어진다. 그러다 이내 물음이 돌아온다.

"왜?"

사람의 마음, 참 알다가도 모르겠다. 무엇을 기대했던 것일까. 수년 전에 끝난 관계에 까닭 없는 안부를 묻다니. 마음에는 아직도 우리를 우리라고 기억하는 부분이 살아있는 것일까. 실은 숨을 거둔지 오래라며 귀띔이라도 해 줘야 하는 것일까. 혹은 솔직히 그건 잘 모르겠고, 너도 가끔 내 생각 정도는 하고 사는지 알고 싶던 것일까.

왜라는 물음에 초조해하다 그냥이라는 답만이 넘어간다. 그 외의 답은 효능을 상실한 지 오래다. 서로의 '왜'가 되었던 한때의 인연에게 이제는 그 어떤 '왜'도 그저 선을 넘는 행위일 뿐.

몇 날 새벽 줄곧 이어지던 물음들은 초조함과 망설임의 사이를 왕래하다 결국 뻔한 결말로 이어진다. 그것을 알면서도 무엇을 기대했던 것일까. 옛 사람이 그리워 우산 없이 떠나는 대책 없는 마음이었던 것일까.

무엇 하나
헛되지 않도록

"혹시라도 무거울까 봐 유리 대신 플라스틱 통으로 준비했다."

타지에서 생활하는 동생을 챙기는 마음이 반찬의 푸짐함으로 드러난다. 몇 번 젓가락질 하는 새, 금방 반찬이 두둑해진다. 늘어나는 반찬을 가리키며 말했다.

"조금만 덜어 내줘."
"왜, 조금 더 챙겨 가지."

챙기는 마음과 챙김을 받는 마음 사이에는 종종 대립이 태어난다. 챙기는 마음을 몰라서가 아니다. 너무 잘 알아서다. 내가 그걸 모두 담아내지 못했을 때, 그때의 속상함이 얼마나 짙은지 경험으로 아는 까닭이다. 내 사람이 나를 위해 준비한 정성이 남겨져 상하는 일만큼은 절대 용납할 수 없으니까.

그 마음이 단 한 톨이라도 헛되지 않기를 비라는 마음. 이 마음이 존재하는 이상, 주는 마음과 받는 마음 사이에는 언제까지고 대립이 있을 듯하다. 더 챙겨 주지 못해 미안한 마음과 그 챙김을 혹여나 모두 담아내지 못할까 미안한 마음.

그래서 우리는
항상 서로에게 미안하고,
또 미안해지는 것일까.

깊은
사랑을 하는
사람들은
뜨거움에 사랑하고
뜨겁지 않음에
더 큰 사랑을 한다

그렇게
살자

—

저녁이 오면 한 손에는 맥주 한 캔씩, 나머지 한 손은 서로 깍지를 끼고서 동네를 함께 거닐자. 손톱달이 예쁘다며 그 자리에서 멈춰 한참 동안 하늘을 바라보자. 달 근처에 별이 몇 개나 보이는지도 한번 헤아려 보자. 더 적게 헤아린 사람이 소원을 들어주는 것이다. 문득 네 소원이 궁금해졌다는 핑계로 나는 너 몰래 별 하나를 적게 헤아릴 것이다. 이기지 못해 아쉬운 표정을 지으며 네 소원을 은근슬쩍 귀에 담아 볼 것이다.

자주는 아니더라도, 가끔은 취기 속에서 세상이 우리를 중심으로 돌아가는 듯 시간을 보내자. 쑥스러움이 턱 끝까지 차올라 꺼내기 어려웠던 말이라던가, 시기를 놓쳐버려 응어리진 말을 그때 꼭 빠짐없이 꺼내어 주자.

그때만큼은 질서 없이 달아올라도 괜찮다. 서로의 간격 사이에 작은 벽이 차오르지 않도록. 설령 생겨 버렸더라도 금세 허물어질 수 있도록. 그렇게 이해라는 단어를 서로의 마음 사이에 꾸욱 포개며 살아가자. 가장 가까운 간격에서, 가장 적당한 온도의 사람으로.

파도치면
사라질 발자국

바다 향이 그리워 광안리로 떠나왔습니다. 일기예보에는 비가 올 수도 있다던데, 하늘이 도운 것일까요. 지난 발길이 닿은 지 꽤 오래된 것 같은데도 여전합니다. 석양이질 때면 불어오는 쌀쌀한 바람과 모래사장에 새겨진 수많은 발자국.

계단에 걸터앉아 문장을 다듬는 제 시선에는 어느 연인의 모습이 담겼습니다. 신발을 벗어 겹치더니 한 손에꼭 쥔 채로, 잔잔한 파도에 발을 담그며 거닐고 있네요. 무엇이 그리도 즐거운지 입이 귀에 걸리는 것만 같고요. 파도가 제법 세차게 칠 때면 혹여나 덜 접어 올린 바지가 젖을까 급히 도망가곤 하는데, 그 순간에도 깍지를 풀지 않는 모습을 보아하니 사랑인가 봅니다.

연인은 발자국을 남기고 지나갑니다. 애석하게도 파도란 녀석은 그것을 지우느라 분주하고요. 흔적을 없애는

것, 그것이 파도의 역할일까요. 등 뒤로는 아직도 수많은 발자국 투성인데.

파도가 닿는 곳과 닿지 않는 곳, 그 경계는 파도의 기분에 따라 자주 달라집니다. 모래를 진하게 물들이고, 그 위에 새겨지거나 남겨진 것들을 모두 바다 깊숙이 끌고 갑니다. 그것이 꼭 처음의 백지 상태로 되돌리는 것 같다는 생각을 해요. 모든 흔적을 언제 그랬냐는 듯 말끔히 지워버리는 것. 파도 앞에 영원한 발자국이란 없는 것일까요.

사랑이란 것을 하게 된다면 허물없이 마음을 내어 주고, 서로의 눈동자 속에서 살아가는 사이가 된다면 되도록 파도가 닿지 않는 곳이었으면 합니다. 파도가 쉽게 닿지 못하는 곳에서, 발자국을 잔뜩 남기는 사랑을 했으면 합니다.

봄

분홍의 계절에 입을 맞추며 조심스러운 마음에 노크를
하자. 섣불리 문을 나서지 않아도 된다. 봄을 머금은 표정
으로 그저 사랑만 하면 된다.

너는 그저,
사랑만 하면 된다.

그게
우리의 사랑이란다

촘촘한 커튼 사이로 부서지며 눈을 두드리는 햇살에
잠에서 깨어난다. 안개 같은 시야 속에서도 본능처럼 무언
가를 찾아 뒤적거린다. 아침에 눈을 뜨면 가장 먼저 알려
야 할 사람이 있다. 샤워를 하며 거울에 비친 얼굴에는 밤
새 뾰루지가 올라오진 않았는지 유심히 들여다본다.

작은 언덕을 지나 몇 분이 흘렀을까. 눈동자 속 누군
가 비친다. 저만치에서 보아도 포근해지는 마음, 사랑임이
틀림없다. 뜨겁지도 차갑지도 않고 여전해서 좋은 온도.
간격이 좁혀지자 너는 쏜살같이 달려와 내게 말한다.

오늘 내 꿈을 꿨다고. 내용이 제법 슬펐으니 얼른 수
습해 달라고. 영문도 모를 그 꿈 때문에 나는 너를 달랜다.
예컨대, 네가 꿨다는 그 꿈은 뻔할 것이다. 또 내가 불쑥
떠났다는 말도 안 되는 꿈이리라.

너는 오늘 떡볶이가 먹고 싶단다. 시뻘건 양념을 잔뜩 묻혀 조심스레 입안으로 넣어 준다. 입속에 음식만 들어가면 아기처럼 웃어 보이는 모양이 우습다며 미소가 번진다.

허기가 달래질 쯤 오늘은 무엇을 하며 보낼지에 대한 물음이 노크 없이 왕래한다. 색다른 계획 없이 보내는 일상이 이제 우리에게는 제법 익숙하다. 대답은 뻔하게 이어진다. 낮에는 종일 침대에 누워 나태한 시간을 보내고, 해가 지면 밤거리를 산책하자고. 손을 맞잡고 다시 언덕을 오른다.

언제 잠들었는지 모르겠지만, 눈을 뜨니 벌써 저녁이란다. 제법 쌀쌀해진 날씨에 두 손을 포개어 주머니에 쏙 넣고는 거리로 향한다. 주황빛 가로등이 은은하게 비치는 골목을 거닌다. 때로는 다정하게, 때로는 얄밉게 시답잖은 농담을 주고받으며 달빛 아래를 천천히 거닌다.

특별한 것 하나 없는 평범한 사랑에 밤이 찾아온다. 너도, 나도 지금 이대로가 좋단다. 무엇을 하지 않아도 함께 나태함을 즐기는 지금이 낭만 그 자체란다.

그게, 너와 내가 하는 사랑이란다.

꽃 한 송이의
기적

한 남자가 어색한 듯 꽃집 주위를 서성인다. 꽃을 고르는 서툰 모양을 보아하니 꽃과는 조금 거리를 두고 살아왔던 사람일 수 있겠다. 무엇이 그의 걸음을 멈추게 만들었을까. 단순히 지나가는 길에 바라본 예쁜 꽃들에 시선을 빼앗긴 것일까 혹은 건네주고 싶은 누군가가 문득 마음에 차올랐던 것일까.

꽃은 멀쩡히 걷던 사람을 멈춰 세워 한참을 고민하게 만든다. 함께이지 않은 곳에서 문득 사람을 생각하게 한다. 다시 말해, 사랑의 깊이를 음미할 수 있게 해준다.

꽃을 선물하는 일은 보이지 않는 시간을 선물하는 일과 같다. 단순히 모양 예쁜 것을 건네는 일을 넘어, 함께이지 않았던 순간에도 꾸준히 사랑했다는 지난 시간의 증거를 두 손에 건네주는 것이다. 그래서일까. 꽃은 그 자체로도 충분히 아름답지만 누군가의 품에 안겨졌을 때 더욱 아름답게 피어난다.

특별한 날에도 좋고 굳이 특별하지 않은 날에도 좋다. 꽃 한 송이의 기쁨을 안겨 주는 용기가 틈틈이 피어나길 바란다. 특별한 날이라면 더욱 특별해질 것이고, 평범한 날이라면 꽃 한 송이로 인해 특별한 날이 될 것이다.

안녕의
온도

'안녕 여수'

떠날 때쯤 마주한 문구에 이런저런 생각이 마음을 두드리기 시작했다. 세상에는 수많은 안녕이 있는데, 저 안녕은 어떤 온도의 마음으로 적어 두었을까.

안녕의 얼굴을 안다. 만남에게는 반가움의 온도를. 떠남에게는 제법 아쉬운 온도를 남기는 말.

우리는 안녕으로 사람을 만나고 안녕으로 떠난다. 기억은 온도의 잔상이 되어 쉽게 잊히지 않는다. 오랫동안 마음의 곁에서 머문다. 그 뜨거움을 알아서 다시 사람을 찾고 여행을 떠난다. 아쉬움을 알기에 순간에 충실하는 법도 배운다. 어떤 온도의 안녕이었던 간에 떠남의 안녕은 여운이 되어 평생을 머문다.

안녕이란 말이
그렇다

팽
창

애틋한 사랑 하나쯤 가지고 산다. 지난 사랑의 모진 부분을 다듬어 새로운 여름에 입을 맞춘다. 그마저도 떠나는 바람이 불면 지난 부족함을 이따금 채워 다시 사랑을 한다. 숫자를 따라 처음의 사랑이 얼마나 모질었던지 깨닫는다. 얼마나 별것 아닌 것에 서로를 위태하게 걸었는가. 아름답고 유일했던 하나의 시절을 고작 그 어린 마음 하나에 지나 보냈다는 후회. 돌아갈 수 없음에 더욱 커지는 애틋함.

애틋함은 꾸준히 팽창해 간다.

관계의
우물

한쪽에서 물음표가 태어나면 다른 한쪽에서는 그것을 채워 준다. 서로의 역할은 자주 바뀌곤 한다. 물음표를 던지는 일, 그리고 그것을 정성으로 채워 주는 일이 잦아질수록 관계의 우물에는 달콤한 물이 서서히 차오른다. 향기로운 시간과 함께 풍미는 깊어져 간다.

어느 시점이 되면 우물에는 더는 채울 공간이 없을 정도로 물이 한가득 찬다. 불어오는 바람에만 수면이 잔잔히 찰랑거리는 계절이 온다.

더는 채울 공간이 없는 까닭에, 물음은 태어나질 않는다. 씨가 없다면 꽃도 번질 수 없는 법. 물음이 죽어버린 관계에서는 채우는 쪽도 살아남지 못한다. 그저 잔잔히 찰랑거리기만 하는 수면을 바라보는 연인. 계절과 바람은 바뀌는데 그저 그대로인 우물. 이내 서로의 눈동자는 침묵을 끌어안는다. 무언가 잘못된 것 같은 느낌. 그럼에도 유지

하는 침묵. 결국 끈끈하던 두 개의 마음은 각지의 길로 흩어진다. 오랜 세월이 지나, 한때의 연인이 뒤를 돌아본다. 순간 덜컥 떠오르는 하나. 어느 누구도 우물을 넘치게 하지 말라는 법은 없었단 것. 연인은 서로에게 묻는다. 왜 우리는 존재하지 않는 선을 만들어 내었으며, 또 기어코 지켜 낸 것인지.

우물이 넘쳐야,
명백한 사랑인데.

아픈
마음

　　─

　　침묵을 받아들인다는 건 얼마나 아픈 마음일까. 충분히 대화할 수 있음에도 자물쇠처럼 입을 꾹 잠근 채 하염없이 창밖만 바라보는 그 분위기는.

충분히

약간의 낭만으로도

우리는 붉어질 수 있기에

마음의
기한

—

시간이란 녀석은 그렇다. 빨갛게 칠해 놓은 장면을 주황으로 만들고, 검정의 장면 또한 회색으로 만든다. 지우개로 문지르는 것과는 제법 다르다. 물을 섞어 희석하듯, 안개처럼 서서히 뿌예진다.

시간의 힘을 빌리면 이별과도 이별할 수 있다. 그 시절 그 사람의 표정이 여름이었는지 겨울이었는지, 우리가 만나려면 올라야 했던 버스가 몇 번이었는지, 언덕을 오르면 골목길에 행렬을 이루던 작은 상점들의 형상까지도 깊은 안개 속으로 잠길 수 있다.

이별과 이별하는 일에 유난히 어려움을 겪는 사람들이 있다. 시간이 모든 것을 희석해 준다는데 무엇이 문제일까.

까닭은 온도에 있을 것이다. 이를테면 첫사랑 같은 순간. 처음으로 새하얀 진심을 느꼈던 때. 맞잡은 손의 온도 같은 것들. 시간은 한때의 표정을 흐릿하게 만들 순 있어도 온도의 잔상을 지워 내진 못한다. '머리'가 아닌 '가슴'이 기억해서다. 어느 가로등 아래만 떠올리면 가슴 어딘가가 몹시 달궈지고, 거리를 걷다 어떤 향이 코로 스며들면 습관적으로 뒤돌아보게 되는 것.

　이별과 이별하는 일에 유난히 어려움을 겪는 사람들은 어쩌면 머리로 담아낸 순간보다 가슴으로 담아낸 순간이 더 많은 사랑을 했던 것인지도 모른다.

　가슴이 기억하는 온도에는 '기한'이 없다.

일기예보에는 분명 눈이 내린다 했는데 눈을 떴을 때는 비가 내리고 있었다. 아쉬워한 지 몇 시간이 흘렀을까. 은연중에 바라본 창가 너머의 풍경은 일기예보가 틀리지 않았음을 증명하고 있었다.

함박눈에 시선을 녹여 볼 때면 '첫눈'이라는 단어가 입가에 맴돈다. 첫눈의 기준에 대해 이야기를 나눈 적이 있다. 올해에 처음 내리는 눈이 첫눈일까, 올겨울에 처음 내리는 눈이 첫눈일까, 사랑하는 사람과 처음 마주한 눈이 첫눈일까, 매순간이 처음인 사람은 항상 첫눈을 맞이할 수 있을까 하는 그런 끝없는 얘기 말이다. 관점에 따라 새로워지는 것들에는 종착역이 없는 법. 결국에 우리는 함께 보는 눈을 첫눈이라 부르기로 했다. 각자 서로의 첫눈이 되어 주는 것으로.

장바구니에 물건을 담듯 사람은 추억을 담으며 살아간
다. 저마다의 처음에는 다양한 순간이 녹아 있다. 위로가
필요했던 시절에 마주한 첫눈이라면 그날은 겨울이었음에
도 어쩌면 봄처럼 따뜻했을지 모른다. 사랑했던 연인과 마
주했던 첫눈이라면 그날의 온도는 첫눈에 고스란히 담긴
다. 내리는 눈을 바라볼 때면 어렴풋이 지난날이 회상되는
까닭이다.

　　첫눈이 내려 거리가 새하얗게 덮인다. 사람의 마음에
도 추억이라는 순간이 차곡차곡 쌓인다. 적어도 서로에게
만큼은 영영 치우고 싶지 않은 첫눈이길 바란다.

겨울이
와요

—

　쉽게 생각해요. 자주 웃어 주고 안아 주면 될 거예요.
따뜻한 계절을 지나 추운 겨울이 찾아오고, 가지를 이탈하
는 낙엽이 제법 슬퍼 보이더라도 우리는 틈틈이 서로를 안
아 주면 돼요. 낙엽처럼 계절의 온도가 바뀌었다는 이유로
서로의 곁을 떠나지 말자고요. 마음의 온도가 바뀌었다는
이유로 꼭 잡은 손을 놓지 말자고요. 아무리 추워도 조금
만 지나면 다시 올 거예요. 따뜻한 봄이.

그런 사람이
있었다

—

　한때 매일같이 신던 그 단화는 끈이 자주 풀리기로 유명했다. 끈을 묶는 것에는 나름대로 부족함이 없다고 생각하던 사람 중 하나였지만, 이상하게도 다른 신발과는 달리 이틀을 버티지 못할 때가 많았다. 문을 나서다가도, 길을 걷다가도, 이틀에 한 번 꼴로 고개를 숙이게 했다.

　하루는 늦잠을 자서 시간에 쫓기듯 급히 문을 나서야 했다. 옷이 삐져나오진 않았는지, 머리는 헝클어지지 않았는지 확인할 새 없이 문을 나섰다. 현관문에 붙은 긴 거울에 스치듯 모습을 살펴보고 고개를 돌렸을 때 대문 너머에는 이미 기다리는 사람이 있었다. 계단을 내려가며 늦어서 미안하다는 말을 건네는데, 몸이 휘청거렸다. 오른발의 풀려 버린 신발 끈을 왼발이 멋모르고 밟아 버린 것이다. 본능적으로 계단 손잡이를 잡고 균형을 찾았지만 간만에 빈혈기가 올라온 듯이 머리가 어지러웠다.

"잠시만 들어 줄래?"

끈을 묶을 동안 손이 없다는 표정과 함께 왼손에 쥔 가방을 건넸다. 그러자 그녀는 조용히 몸을 굽히더니 오른손에 들고 있던 자신의 가방을 맨바닥에 내려놓고 끈을 묶어 주었다. 그런 사람이었다. 무엇이 더 중요한지 알았고, 무엇을 더 아껴야 하는지, 무엇에 더 집중해야 하는지 잘 아는 사람이었다.

꽤 오랫동안 묶여 있는 단화를 보며 생각했다. 나름 잘 묶을 수 있다고 자신했었는데 아무것도 아니었나 보다. 어쩌면 마음도 그러했을까. 항상 저만치에서도 나의 마음을 잘 헤아리는 사람이었다. 그때는 그것에 눈이 동글해지곤 했는데 이제는 어렴풋이 알 것 같다. 제법 섬세한 사람이었다는 걸. 사소하게는 끈을 묶는 것에서부터, 사람의 마음을 헤아리는 것, 마음이 뜨거울 때면 언제 입을 맞춰야 할지, 눈물이 날 때면 언제 안아 주고 등을 토닥여야 할지 아는 사람이었다. 마음이 뜨거워 앞선다고 과하지도, 식었다고 부족하지도 않게 적당한 사랑을 할 줄 아는 사람이었다. 그런 사람이었구나. 그런 사람이었다.

또 하나의 사랑이 떠나가고,
적당함을 배웠다.

멈출 때를
안다는 것

대구의 환승역인 명덕역에는 두 개의 노선을 연결하기 위한 긴 에스컬레이터가 있다.

그곳에 올랐을 때였다. 이쯤이면 내릴 법한데 아직이었다. 지하와 하늘을 연결하는 만큼 긴 시간을 내려가는 모양이었다. 에스컬레이터에서는 흔히 두 가지 부류의 사람이 있다. 시간에 쫓기듯 멈추지 못하고 급히 내려가는 사람, 또 하나는 우측으로 밀착해 뒷사람이 내려갈 수 있게 길을 열어 주는 사람.

우측으로 밀착해 있을 때, 역시나 다를까 나의 왼편으로는 무언가에 쫓기듯 내려가는 사람들로 가득 채워졌다. 그 모습을 찬찬히 바라봤다.

수많은 인파를 따라 왼쪽 어깨를 스쳐 지난 남자가 한 명 있었다. 무슨 사연 때문인지 열 개 정도의 계단을 내려가더니 조용히 걸음을 멈추었다. 이내 우측으로 밀착하더니 급하지 않다는 듯 길을 열어 주기 시작했다.

조금 더 일찍 멈출 수 있었는데 왜 굳이 내려가다 만 것일까. 마치 세상이란 파도에 떠밀려 내려오다 어느 순간 결심을 하고 자기만의 세상을 찾은 것처럼. 실은 급하지 않았는데 사람들을 따라 떠밀려 내려왔던 것일까. 사람들이 바쁘게 움직이는 것 같아서 괜히 그랬던 것일까.

모두의 마음이 뜨거우니까 괜히 나의 마음도 뜨거워야 할 것 같은 때가 있다. 사실 그 어느 것에도 미지근하게 반응할 뿐인데. 그럼에도 불구하고 뒤늦게라도 자신이 멈춰야 할 때인지를 곰곰이 되짚어 본다는 것. 그것만큼 중요한 일은 또 없는 듯하다.

방
황

    매일같이 반복되는 단조로운 일상에 의미를 상실해 방황해 보기도 하고, 무슨 일을 해도 뜨거워지지 않는 마음에 먼 계절을 걱정하며 한숨을 내쉬기도 한다. 사람들은 저마다의 길을 찾아 달리고 있는데 나만 아직도 갈림길에 멈춰있는 것 같은 요즘. 나도 나의 길을 달리고 싶은데, 마음은 여전히 미지근하기만 하다.

가끔 당신이
그리울 때가 있다

그 가끔이
오늘일 뿐이고

기
회

오랫동안 줄 서 기다렸는데 갑자기 비가 쏟아지는 거
야. 우산을 준비한 사람만이 계속 서 있을 수 있던 거지.

이유가 없는 것이
이유다

첫눈에 반하는 사랑이었을까, 아니면 서서히 빠져든 사랑이었을까. 상대를 마주하는 순간 노크할 새 없이 그 사람의 세계에 푹 빠져들 때가 있다. 반면, 함께하는 시간에 따라 서서히 마음이 차오를 때도 있다. 애초에 노크할 의도가 아니었던 마음에도 서서히 수심이 찬다.

처음에는 그저 얕았던 사랑이 내리쏟는 폭포에 의해 푹 파이는 계곡의 수심처럼 깊어져 간다. 깊은 수심의 나날들이 이어진다.

어느 날 꾸준히 앞으로 나아가던 연인은 작은 강 하나를 마주하게 된다. 강을 건너야만 비로소 건너편으로 함께 나아갈 수 있는 상황. 선택의 갈림길에 덩그러니 놓인 연인. 강은 그들에게 묵묵히 하나의 조건을 내세운다.

서로가 가진 사랑의 까닭을 내려놓을 것.

손을 맞잡고 함께 거센 물살을 뚫어 나갈 것인가, 혹은 뒷걸음질 칠 것인가. 연인은 사랑에 필요했던 까닭들을 물살에 버려야만 무사히 건널 수 있다. 그 과정에서 수많은 연인이 물살에 휩쓸려 서로를 잃거나 다친다. 누군가는 뒷걸음질 칠 때 누군가는 까닭들을 모두 게워내고 건너편의 세계로 나아간다.

　　무사히 강을 건너면 그때부터는 새로운 세계가 펼쳐진다. 이유가 없는 것이 이유인 '진짜 사랑'이 펼쳐진다.

　　깊은 사랑을 하는 사람들은 뜨거움에 사랑하고 뜨겁지 않음에 더 큰 사랑을 한다. 사랑이 깊어져 어느 시점이 되면 두 온도는 적절히 균형을 이룬다. 그 지점에서 뜻밖에도 진정한 사랑이 끓어오르기 시작한다.

　　진짜 사랑은, 그때부터다.

어떤
낭만

나의 낭만은 단순하기 그지없습니다. 선선한 바람이 살결과 가볍게 맞닿는 날, 사방이 트인 잔디밭에 돗자리 하나 깔고 맥주 몇 잔에 수다를 떠는 일이죠. 시시콜콜한 농담도 던지면서 아껴둔 군것질을 하는 겁니다. 아주 유치한 장난은 때론 우리가 더 유치하단 걸 증명할 겁니다.

그러다 얼굴이 제법 달아오를 때면, 왼팔 하나 가지런히 내어 주어 바닥을 등지고 같은 밤하늘을 바라봤으면 합니다. 어느 도시의 밤일지라도 그날만큼은 별이 잘 보였으면 좋겠네요. 조금은 쌀쌀하다는 핑계로 우리 사이의 간격이 허물어진다면 더 좋고요. 별자리에 대해 아는 바가 없지만, 괜히 아는 척 알려 주고 싶어지는 마음이었으면 합니다.

새벽의
사랑

—

불 꺼진 방 안에서 휴대폰을 들여다보다 잠들 타이밍을 놓치는 몹쓸 병은 누구나 가지고 있을 법하다. 내일을 위해서는 눈을 감아야 한다는 것을 알면서도 그것이 쉽지만은 않은 시간, 새벽이다.

새벽의 고요한 방 안에서 하는 생각은 꽤 많은 곳에 다다를 수 있다. 연결 고리가 끊어진 관계의 전으로 돌아갈 수도 있으며, 미움의 연극을 애정의 연극으로 재해석해볼 수도 있다. 붉었던 표정 뒤에 숨겨진 의미에 파고들 수 있으며, 내가 별거 아니라 여긴 것이 당신에게는 무척이나 별것이었음도 알 수 있다.

어떤 새벽이면 나는 1초 만에 당신에게 달려갔다가, 다시 겨울이 된다. 새벽에 하는 사랑이 자주 그렇다.

욕
심

적당한 온도의 사람이 되고 싶은 욕심. 쉽게 끓어오르지도, 반대로 식어버리지도 않는. 따뜻한 온도에서 머물 줄 알며 다가가기 어렵지 않고 떠나기도 쉽지 않은 사람이.

모
순

작은 연못 하나
채우지 못하는 사람과
어찌 바다를 일구려 하는가.

한
여자

연애를 할 때면 주변으로부터 어김없이 바보라는 소리를 듣는 한 여자가 있다. 계산 없는 버릇을 습관적으로 지닌 까닭이다. 내가 5를 주면 당신도 5를 내게 주어야 한다거나 하는 마음과는 도무지 닮은 구석이 없다. 차라리 10을 주며 당신을 사랑하겠다는 마음이다.

그런 그녀에게는 제법 다른 모습도 있다. 앞의 이야기가 낯설도록 끝맺음이 확실하다는 것. 모든 것을 퍼 주듯 사랑하면서도 이별에서만큼은 누구보다 철저하다. 확실하게 사랑하는 만큼 확실하게 끊어 낼 줄 아는 사람이었다. 그런 그녀가 내심 부러웠던 한 날 나누었던 대화다.

"나는 그냥 마음을 퍼 주는 거야. 지나고 보면 결국 그게 최선이었으니까."
"싫어하는 행동을 반복하는 게 보이면 바로 헤어질 수 있는 거야?"

"응, 그렇지."

"어떻게 그럴 수 있지?"

"평소에 최선이었던 사람이라면, 최선을 다해 끝낼 수도 있는 거야."

채움과
덜어 냄

누가 말했다. 어쩌면 우리는 채우는 것보다 덜어 내는 것이 더 중요할지도 모른다고.

채움에 익숙해질수록 도리어 덜어 냄에 낯설어 간다. 누군가의 안으로 들어가는 일은 언제나 눈부실 테지만, 누군가의 밖으로 향하는 일은 꼭 밤길을 헤매는 것만 같다. 지금의 것에서 옛것이 되는 일. 그 사이에서 끓는 감정 같은 것들이 낯섦을 넘어 두려움으로 오는 것인지도 모른다. 그러니까, 어쩌면 외로운 것인지도 모른다.

삶에서 가장 중요한 것이 무엇이냐는 물음에 사랑이라는 지극히 뻔한 답을 하는 사람이 있다. 녹초가 된 마음도 사랑 앞에서는 다시 피어오르는 분위기를 사랑한다고. 모든 게 무너지더라도 내 사람 하나 안아 줄 품만 있으면 되는 삶을 살고 싶다고. 그렇다면 아름다운 풍경이지 않겠냐고.

어쩌면 그래서 외로울 수도 있을 것이
라 했다. 사랑이 있어야만 내가 될 수
있는 날도 있을 것이라고. 그래서 말
했다. 채우는 것보다 조금 덜어 낼 줄
아는 게 지금 우리에게는 더 중요할지
도 모른다고.

주
의

—

사소한 감정 하나 나눌 줄 모르는 사람은 거대한 감정을 나눌 자격이 없다. 가끔의 다정함에 섣불리 진심을 건네주지 말 것.

3

삶을
오롯이 채우는 것은
많은 숫자가 아닌
몇 안 되는
하나의 마음일 때가
많다

숫자보다는
마음

———

　파란색의 너덜너덜한 강아지 베개를 한 마리 데려왔다. 어린 시절을 쭉 함께해 온 녀석인데, 캐리어에 욱여넣은 채로 고향을 떠나왔다. 함께한 세월을 세어 보는 일은 내 생을 세어 보는 일과 얼추 비슷하다. '나'라는 역사가 그 속에 있다 해도 과언이 아니다. 한 사람이 지나온 수많은 계절이 작은 베개 하나에 모두 담겨 있다니, 조금 우습기도 하다.

　마음에 드는 옷을 하나 골랐을 때면 몹쓸 버릇이 하나 발동한다. 한동안 편식하듯 그 옷만을 꾸준히 고집한다는 것이다. 이러한 버릇은 관계에서도 크게 다르지 않다.

　'이 방 나가면 죽는다.'

　학창 시절 단체 메시지 채팅방에서 했던 말이다. 조금 과격해 보일 수 있지만 속뜻은 제법 친밀하다. 우리의 우정 영영 변치 말자는 의미. 여섯 명으로 이루어진 채팅 방. 각자의 삶이 바쁘다는 까닭 때문인지 안타깝게도 지금은 존재하지 않는다. 아침이 되면 필연적으로 서로를 마주해야 하는 학교를 졸업하면, 대개의 만남은 약간의 고의를 필요로 하게 된다. 각자의 삶을 살아가느라, 혹은 살아 내느라 한정된 시간 속에서 만남을 조율하는 게 마음처럼 쉽지만은 않다.

사회의 시계가 흐를수록 연락처는 점차 쌓인다. 때로는 표시된 숫자를 보며 사색에 잠기기도 한다. 이 중 진짜 인연은 몇이나 될까. 어둠이 내려앉은 밤, 근처 공원 벤치에 앉아 선선한 바람과 맥주 한 잔에 쌓인 갈증을 해소하고 싶은 날. 어디에도 터놓기 힘든 비밀 편지를 공유하며 투덜대고 싶은 날. 누추한 옷차림만으로도 깊이 있는 대화, 때로는 시답잖은 이야기를 나눌 수 있는 진짜 내 사람들로 이뤄진 관계 말이다. 나이가 찰수록 마음을 터놓을 사람은 점점 한정된 울타리에 갇히는 듯하다.

한때는 많은 숫자가 머무는 삶이 아름답다 생각했다. 그러나 인연의 마주함 그리고 스침, 만남 혹은 이별 같은 것들을 건너며 깨달아 간다. 삶을 오롯이 채우는 것은 많은 숫자가 아닌 몇 안 되는 하나의 마음들일 때가 많다는 것을.

나답게
산다는 것

—

영화 '증인'에서 지우는 자폐아로, 사람들과 조금 다른 세계에서 살아간다.

어느 날 지우는 창 너머로 맞은편에서 일어난 살인 사건을 목격하게 된다. 그리고 사건의 진실을 밝히기 위해 유일한 목격자인 지우의 마음을 움직이려는 순호. 지우와 함께하는 시간이 깊어질수록 순수한 마음을 움직일 수 있는 것은 오직 순수한 마음뿐이라는 깨달음을 얻는다.

영화의 후반부에서 지우는 특수 학교로 전학을 가게 된다. 그런 지우에게 순호는 나긋이 물음을 건넨다.

"특수 학교 다니기 시작했다며? 거기 친구들은 어때?"
"다 너무 이상해요."
"많이 이상해? 별로야?"
"많이 이상해서 좋아요."

"좋아?"

"네."

"왜?"

"정상인 척 안 해도 되니까요."

　　다채로운 색감으로 뒤덮인 세상에서 나의 색은 무엇일까. 어떤 색을 가져야 감히 나답게 산다고 말할 수 있을까. 진하고 연함을 떠나, 하물며 흑과 백도 조화를 이루는 세상에서. 무채색도 명백한 하나의 색깔이 되는 세상에서.

하나의
과정

무릎이 말썽이 됐다.

무리하게 달린 탓이었다. 하루 중에 운동하는 시간은
딱 한 시간. 짧은 시간 안에 충분히 땀을 내기 위해서라는
까닭으로 무리하게 몸을 다뤘다. 적정 속도를 맞추며 부드
럽게 달려야 한다는 조언을 뒤로한 채, 속도를 두 배로 올
리고 강하게 달렸다.

그렇게 두 달 반쯤 지났을까, 무심코 걷던 어느 날 무
릎에서 통증이 느껴졌다. 평생 운동을 하지 않던 녀석이
갑작스레 무식한 길을 걸었으니 몸이 성하지 않을 수밖에.

며칠 잠깐 머물다 떠날 상처쯤으로 여기곤 여느 때와
다름없이 운동을 했다. 그러나 바람과는 달리 증상은 앞으
로 전진하기만 했다. 결국 이곳저곳 수소문하여 무릎을 잘
본다는 병원을 찾았다.

의사에 소견에 의하면, 러닝머신을 달리는 일은 평지를 달리는 일과 다소 다르다고 한다. 앞으로 전진하는 운동이 되어야 하는데 제자리 상하 운동이 되어 무릎에 무리가 갈 수 있다는 내용이었다. 몇 주간의 치료에도 큰 호전이 없자, 정밀 검사까지 이어졌다. 그때 알았다. 나의 무릎이 선천적으로 남들과 조금 다른 모양을 가졌단 것을.

무릎에 대해서 알게 된 후로는 조심스러움이 몸에 배었다. 무리가 갈 수 있는 행동만큼은 철저히 분석하고 움직이는 나름의 규칙이 생겼다.

아껴 다루라는 말도, 조심할 필요가 있다는 말도 그렇다. 결국에는 한 번쯤 직접 겪어 봐야 그 말의 진짜 뜻을 안다. 편식하는 아이가 몇 끼를 굶으면 허기에 굶주려 그 소중함을 깨닫는 것처럼. 무엇이든 겪어 보아야만 깨닫는다는 말은 삶에 있어 절대적인 듯하다. 우리는 매번 잃기 전에 소중함을 아는 사람이 되자 외치면서도, 왜 여전히 사소한 부분에서 비슷한 실수를 반복하는 것일까.

여전히 어렵지만 그나마 다행인 것 하나. 완전히 잃기 전에 아파 앓는 과정이 한 번쯤은 있다는 것.

골든
로드

커다란 사거리, 도로 위가 차들로 즐비한 때. 어디선가 다급한 사이렌 소리가 울려 퍼진다. 신호를 기다리던 행인들의 시선이 일제히 한곳으로 쏠린다. 정반대로 방향을 튼 구급차와, 긴급한 사이렌 소리와 함께 그 구급차를 마주한 수많은 차. 그 순간 도로 위에 유지되던 규칙은 저마다의 브레이크에 의해 산산이 조각난다. 암묵적인 룰이 도로 위에 모습을 드러낸다. 저마다 먼저 나서 멈춰야 할 곳이 아님에도 멈추고, 머리를 틀어 길을 내어 준다. 그렇게 새로운 길이 탄생했다.

누군가의 생명과 연결된 골든아워를 열어 주는 길, 골든 로드가 기적적으로 열린다. 생명이라는 이름 앞에 사람들이 만들어 낸 암묵적인 룰. 신호등의 불빛도 위대한 장면 앞에서는 조용히 빛을 줄이는 눈치다.

다급히 달리는 구급차의 뒷모습을 바라본다. 뒤 유리창에 쓰인 문구 하나. 그것에 순간, 가슴이 철렁인다.

'당신의 가족일 수도 있습니다.'

모래 위
발자국

　많은 장면이 태어나고 죽고 있대요. 사람의 기억 속에서 말이죠. 누구나 어떤 장면의 부모가 된다고 해요. 자식 새끼 품듯 품고 살면 그 시절은 여전히 숨 쉬는 거고, 잊고자 하면 서서히 죽는다죠.

　그런 거래요. 사랑이 지나가면, 모래 위 발자국 하나 건지며 마음에 걸어 놓고 살아가는 거랍니다.

빈손으로
태어났음에도

"아메리카노 두 잔, 생크림 카스텔라 나왔습니다!"

쟁반 위에 올려진 커피 두 잔. 그것을 들고 계단을 오를 때면 시선은 아래로 쏠린다. '조심'이란 단어가 행동에 밴다. 빈손으로 오를 때와 제법 다른 신중한 광경. 모나게 튀어나온 모서리 하나에 몸이 휘청거릴 수 있다. 혹여나 커피라도 엎어 버리는 일은 상상조차 원치 않는다.

빈손일 때는 한없이 가볍던 몸이었는데 손에 무언가 쥐자 무게가 달리 느껴진다. 하지만 오래가지 않을 것을 안다. 접하는 시간이 늘어날수록 되레 그것에 익숙해져 가는 게 사람이니까. 처음 구매한 휴대폰을 떨어뜨리지는 않을까 노심초사하던 마음은 어느새 물들어 손에 들고서도 어디에 두었는지 고개를 두리번거리게 만든다.

가끔은 커피를 들고 계단을 오를 때의
마음이 필요한지도 모른다. 우린 모두
빈손으로 태어났음에도 너무 많은 것
에 익숙해져 살아가고 있으니까.

별똥
별

"오늘 밤엔 별똥별이 떨어진단다. 보고 싶으면 주위
가 밝은 곳보다는 어두운 곳으로 가라. 그래야 잘 볼 수
있다."

서툶이
아름다움이 되는 순간

거리를 누빌 때면, 가끔 시야 속에는 작은 '티' 같은 것들을 발견하곤 한다. 교복을 입지 않았음에도 겉으로 학생 신분이 묻어나는 사람. 십의 자리 숫자와 이별한 지 얼마 되지 않은 것 같은 풋풋한 온도가 느껴지는 사람. 아무리 꾸미고 무언가로 덮는다 한들 삐쭉 튀어나온 분위기에서 제법 '티'가 난다. 그렇다면 그것을 훤히 들여다보는 사람들은 누구일까.

아마, 그 시기를 지나온 사람들일 것이다.

누구나 처음인 삶을 맞이한다. 처음은 언제나 서투르기에, 또 서툴러서 아름다운 시절로 일기장에 빼곡히 채워진다. 이를테면 처음으로 교복을 입어 보았던 날 같은 순간들.

지난 추억의 사진첩을 펼쳐보면 새삼스레 저마다 거울 같은 순간이 있다. 우리는 다른 듯하면서도 많은 풍경을 닮은 채로 살아왔으니까. 그래서 볼 수 있고 알 수 있다. 언제 어떤 것이 간절했으며, 또 과분했던 것인지도. 어떤 웃음이 진했으며, 어떤 울음이 무거웠는지도. 지나고 보면 깨닫는 것들에서 조금씩 서툶을 덜어 내 단단해져 가는 삶을 산다.

내일에 가까워질수록 성숙이란 스푼으로 서툶을 덜어 낸다. 그럼에도 아침 해가 밝아 오면, 우리는 여전히 첫 '오늘'을 맞이한다. 처음 앞에서만큼은 서툶도 때로는 아름다움이 된다.

빼곡히
살아갈 것

털썩 주저앉은 사람을 마주했을 때 흔히 하는 위로라면 "힘내." 정도가 있을 것이다. 너무 미지근하지도 뜨겁지도 않은 정도의 말. 하지만 그간 모든 힘을 쏟아 내고 털썩 주저앉은 사람이라면 어떨까. 어쩌면 힘내라는 말은 식어 버린 마음을 더 차갑게 할지도 모른다. 함부로 힘이 되려 하거나, 일으켜 세우려 하는 것이 독이 될 수도 있다.

살아가는 때보다는 살아 내는 때가 많았기 때문일까. 마치 고질적인 습관처럼 장벽을 마주하면 반드시 넘으려는 버릇이 마음 한구석에 존재한다. 언제부터였을까. 두 발로 서려고 2,000번 넘어졌을 때부터일까. 적응을 했다 싶으면 바뀌던 삶을 꾸준히 극복해야 했기 때문일까. 할 수 없다고 생각한 것들이 이를 악물고 버티면 결국 가능했기 때문일까. 그 사람 없이는 도무지 살 수 없는 것 같았는데 그럼에도 살아 냈기 때문일까. 그 모든 물음을 제쳐 두고, 우리는 살아 내는 것이 아닌 우선 살아갈 필요가 있다.

삶 곳곳에 숨어 있는 순간을 밟고 음미하며 나아갔으면 한다는 말이다. 때로는 좀 주저앉을 수 있는 게 사람이라고. 최선이라는 마음 앞에 부끄럼이 없다면 조용히 쉼표를 놓아 주는 법도 아는 게 아름다운 삶이라고. 숨어 있던 어린 마음이 어른의 마음을 이겨 버려 눈가가 축축해진다면 조용히 블라인드를 내려도 괜찮다고.

힘듦이 없는 삶이 어디 있다고.
저마다 충분한 순간들을 이겨 내어
오늘을 살고 있다.
살아 내는 날보다는 살아가는 날이
명백히 빼곡해야 한다.

백지
화

—

　머릿속에 생각이 반짝일 때면, 곧장 달려가 한번 이뤄 보자며 애쓰는 편이다. 한때 음악이란 게 그랬다. 잔잔히 흘러가는 일상에 무르익어 갈 때쯤, 미지근한 마음을 달궈 줄 무언가를 찾아다녔다. 열정 같은 것들이 나의 삶 위에 달리고 있지 않아서였다.

　하루는 SNS를 둘러보던 중 우연히 광고 문구 하나가 눈에 들었다. 안개처럼 뿌연 기억 속을 거닐어 보자면, 누구나 배우면 가능하다던가, 그런 뉘앙스를 풍긴 보컬 레슨 광고였다. 순간 배움이라는 단어에 머릿속이 반짝이더니 연이어 놓치지 않고 달려드는 버릇이 발동했다.

　'매일같이 노래를 흥얼거리면서 왜 제대로 배워 볼 생각을 하지 못했을까⋯.'

　눈길이 가면 기어코 경험해 보아야 풀리는 버릇. 곧바

로 이곳저곳 학원을 찾아다녔다. 대개는 두 분류로 나누어 레슨을 진행하고 있었다. 전문적으로 준비하는 입시반. 그리고 직장인을 위한 취미반. 후자로 등록을 마치기까지 그리 오랜 시간이 걸리지 않았다.

그 후로 줄곧 레슨을 이어 오며 알게 됐다. 내 목이 상당히 약하다는 것을. 선천적으로 약한 목에 잘못된 발성까지 가졌으니 결과는 엎친 데 덮친 격. 한 곡만 불러도 목이 쉬었던 지난 문제들은 어쩌면 당연한 일이었다.

짧게 배운 얕은 지식이지만, 발성의 포인트는 어디에 힘을 주고 빼야 하는가를 스스로 앎에 있다는 것이다. 잘못된 곳에 힘을 주면 주변의 근육이 목을 죄기 시작한다. 호흡에 소리를 얹어 보내야 하는데, 힘을 잘못 주는 순간 밸런스를 무너뜨린다. 그러한 까닭에 대개의 레슨은 목에 힘을 빼는 것에서부터 출발한다. 모든 곳에 힘을 빼고, 필요한 곳부터 차근차근 소리의 근력을 기른다. 어디에 힘을 빼야 하고 줘야 하는지. 어떤 느낌을 기억하고 상상하면 좋은지. 반복이 거듭될수록 습관처럼 몸에 배게 되는 것이다.

목을 죄는 버릇을 없애기 위해 매일같이 꺼내어 쓰던 단어는 '백지화'였다. 기존의 낡은 습관을 새하얗게 비워 내야만 새로운 색깔의 습관으로 덮을 수 있어서다. 평생을 길러 왔던 습관과 이별하고 새 습관을 반긴다는 것은 결코 쉬운 일만은 아니다. 오래 머물렀던 경력만큼 낡음에서 낯섦으로 향하는 과정은 여전한 어려움으로 다가온다. 그러나 변화의 순간은 그런 것이라 생각한다. 새 것을 채우기 위해서는 때로 평생을 쌓아 온 것들도 미련 없이 비워 낼 줄 알아야 하는 법이니까.

채움을 배우기 위해 먼저
비움을 배운다.
오롯이 채우기 위해서는 먼저
오롯이 비워 낼 줄 알아야 하므로.

이별
후에

—

　홀로 하는 연극은 허무하기 짝이 없죠. 있는 힘껏 웃어 보여도 문드러진 속이 투명한 유리잔처럼 비치고, 엔딩 크레딧이 쏟아지면 명단 속에서 비어 있을 이름임을 알면서도 괜히 시선을 떼지 못하는 거죠.

나만의
노래

—

한 남자가 무대 위에 올랐다. 자신의 이야기를 담은 노래라며 짧은 소개를 마치고는 기타를 무릎 위에 앉히더니 노래를 시작했다.

그날부터였다. 기필코 기타를 배워야겠다며 고집을 부렸다. 보잘것없을지라도 내 이야기를 담은 노래를 한번 만들어 보자는 창작 욕구가 불타올랐다. 우여곡절 끝에 몇 개의 코드만으로 간단히 곡을 만드는 법을 배웠다.

가장 애쓴 것은 작사였다. 처음 펜을 들었을 때 쉽지 않음을 바로 알 수 있었다. 소리 없이 마음으로 읊는 글은 익숙했지만, 멜로디 위에 얹는 글은 제법 낯설었다. 두 개의 감각을 조심스레 포개어 마음으로 착지시키는 그림이 썩 쉽지만은 않게 다가왔다.

시간이 남을 때마다 틈틈이 썼다. 원하는 곡이 탄생할 때면 언제든 가사를 입힐 수 있도록, 일종의 준비였다. 미세한 감정선을 두드릴 때가 언제인지, 어느 부분에 어떤 표현을 사용해야 할지를 익히기 위해 참 많은 노래를 들었다.

한 날은 가까운 지인에게서 그렇게 가사를 써서 무엇을 하느냐는 물음을 받았다. 가능하다면 머지않은 미래에 조촐한 노래를 하나쯤 내 보고 싶다 했다.

그랬다. 비록 보잘것없을지라도, 내 이야기를 담은 노래가 하나쯤은 있었으면 좋겠다는 생각을 마음 한 편에 간직하고 있었다. 내가 만든 멜로디 위에 나의 이야기가 흐르는 생각을 했다. 혹은 세상에 내놓은 첫 책이 그러했듯이 나와 어떤 한 사람만이 진정으로 해석할 수 있을 수도 있겠다.

어느 날 계단에 쭈그려 앉아 기타를 치고 있을 때, 가장 아끼는 곡 하나가 불쑥 탄생했다. 만들어 보려 애쓰던 때에는 그림자도 보이지 않던 것이 전혀 예상치 못한 순간에 멜로디와 함께 등장한 것이다.

글을 다듬는 일처럼 노래를 만드는 일 또한 마음에서 튀어나오는 것이라 그러할까, 그 변덕을 조금 안다. 언제 어디서 불쑥 튀어나올지 모르며, 어찌하여 꺼내 보면 이윽고 가장 깨끗한 진심들.

한때 한 사람의 눈동자에서 머무르던 한철의 마음이 작은 노래가 되어 나오기를 바라는 마음으로 오늘도 가사를 쓴다.

품
다

적적한 마음을 이끌고 몇 시간의 도로를 달렸다. 누군가 나를 불러 찾게 된 곳인데, '훈련소'란 곳이었다. 가르마를 탈 만큼 길던 머리를 정리하고 주변의 것들에게 가벼운 작별 인사를 건넸다. 잠깐 다녀오는 것, 그것이 뭐라고. 헝클어진 마음을 추스르며 입대를 했다.

얼마나 흘렀을까. 바깥의 것들에 대한 그리움이 서서히 차오를 때쯤, 중대는 훈련을 위해 산으로 향했다. 하늘은 눈치가 없던 것인지 혹은 아래의 것들이 못 미덥던 탓인지 비를 툭툭 쏟아 냈다.

우의 사이로 새어 들어오는 축축함에 몸이 적응할 무렵, 우리를 산으로 이어 줄 작은 다리가 눈에 들었다. 그곳을 지나갈 것이라 했다.

다리를 지날 때 마주한 풍경에 새삼스레 참 묘하고도

복잡한 감정이 마음을 감쌌다. 아래를 내려다보니 차들이 도로 위를 달리고 있었다. 표현할 수 없는 반가움과 끓어오르기 직전의 행복함 같은 것들이 느껴졌다. 고작 얼마나 지났다고.

훈련소의 수많은 추억 중 손꼽히는 순간이라 말할 수 있다. 지금에서야 웃음 뒤에 읊어질지라도, 그때는 별것 아닌 것이 정말 별것이었다. 매우 당연한 장면을 보고서도 행복을 느낄 수 있는 게 사람이란 것을 깨달았다. 제자리에 서서 도로 위의 차들을 몇 시간이라도 바라볼 수 있을 것 같았던 그때의 그 기분.

제법 시간이 흘러서도 마음은 여전한 것일까. 종종 창밖으로 시선을 놓자면 문득 마음에서는 그때와 비슷한 감정이 차오른다. 별다를 것 없는 도로와 양 갈래로 펼쳐진 몇 그루의 나무들뿐인 풍경에도 감사함을 느끼게 되는 것.

마음에 품은 것이 무엇이냐에 따라 눈앞에는 다른 장면이 펼쳐질 수 있다고 생각한다. 코타키나발루의 석양을 품고 있는 사람에게는 그저 어느 도시의 평범한 풍경일 수 있겠으나, 이 풍경조차도 간절히 바라 왔던 사람이 있다. 누군가에겐 별 볼 일 없는 풍경일지라도 그것을 마음 한편에 걸어 두고 세상을 살아 냈던 사람이 있다.

지
금

—

별것 아닌 일에 서운한 게 아니라
별것 아닌 듯 넘기는 지금 그 태도가.

탈

—

파쇄기에 종이를 곧게 펴 넣은 지 몇 초가 지났을까, 덜컥거린다. 역전이란 버튼에 불이 들어오며 신호음이 들린다. '삑-삑….' 입구 위를 자세히 들여다보니 작은 글씨로 표시되어 있다.

'한 번에 20장 이내로 할 것'

그토록 강력한 파쇄기도 한 번에 모든 걸 삼키진 못하는 모양이다. 쌓여 있는 수백 장의 종이를 대충 집어 20장 이내로 맞추어 차례대로 펴 넣는다. 몇 번을 반복해도 얼추 잘 먹는다 싶어, 10장 정도만 늘려 보기로 했다. 얼핏 30장 정도 되어 보이는 묶음. 조심스레 넣어 본다. 그러나 역시나 덜컥. 감당할 수 있는 한계를 넘었다는 듯한 다급한 신호음이 귀를 뚫고 들려온다.

20의 크기를 감당할 수 있다는데, 꾸역꾸역 잘 삼키는 모습을 보고는 10을 더 얹어 보는 것. 이게 사람의 마음일까. 그것이 마지노선일 수도 있는데, 조금 더 욕심을 부리는 것.

적어도 자신에게만큼은 그러지 않았으면 하는 마음이다. 감당할 수 없는 것을 한 번에 억지로 삼키려 들지 않기를.

얼마나 많은 풍경을
마주했느냐

—

앞뒤에 하나씩 놓인 엘리베이터 사이에 서 있었다. 두 개의 엘리베이터에 빨갛게 표시된 숫자는 똑같이 8층. 그때 앞쪽의 것이 먼저 7층으로 바뀌었다. 걸음은 자연스레 그쪽으로 옮겨졌다.

손에 쥐어진 휴대폰에 한참 한눈을 팔 때, 도착을 알리는 신호음이 고막에 내려앉았다. 고개를 들었을 때 펼쳐진 상황은 예상과는 달랐다. 문이 그대로 닫혀 있어 뒤돌아보니 문이 열리고 있었던 것. 재빨리 열린 문 사이를 비집고 몸을 실었다.

올라가는 길, 이런저런 생각이 머리를 감쌌다.

먼저라는 말, 출발할 때 함께였다고 한들 도착할 때도 붙어 있는 것은 아니구나. 어떤 층에서 어떤 풍경을 마주할지 전혀 모르는 것이니까. 먼저라는 말의 의미가 조금

연해지는 듯했다.

　　그렇다면 지금 느린 것도 뭐 어떨까. 문이 열리면 안에 품고 온 사람의 풍경이 한가득일 것인데.

결
코

최선이었다면, 결코 초라해지지 말 것.

**2019년
9월 11일**

　"잘 들어라. 네가 받는 일에 어색한 사람이라면, 너는
분명 주는 일에도 제법 어색한 사람일 거다."

생

그렇게 살자면서도

때로는

저렇게 흘러가는 것

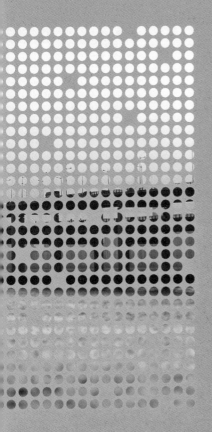

#4

그렇게
흐르던 마음도
결국
한곳으로 모이고

출
판

—

누군가에게 보내는 편지 같은 것이었다. 마음속에 문장이 태어날 때마다 종이 위로 옮겨 적었다. 처음에는 혼자 간직하는 것에서 만족했지만, 시간이 지날수록 차츰 공유해 보고 싶은 작은 욕심이 차올랐다.

내가 쓴 글도 혹시나 예술이 될 수 있지 않을까.

오랜 고민 끝에 용기를 내어 보기로 했다. 어둠이 적당히 내려앉아 감성이 움직이는 시간대, 오후 7시가 괜찮겠구나 싶었다.

오타를 몇 번이나 확인하고서야 떨리는 마음으로 '공유' 버튼을 눌렀다. 글이 타고 흘러갈 몇 개의 태그도 가미했다.

몇 분이 지났을까, 작은 반응이 보였다. 우리는 그렇

게 다른 듯하면서도 저마다 비슷한 마음을 품고 있구나 생각했다. 그날을 필두로 꾸준히 글을 썼다. 부족함이 많아 쓰고 고치는 일에 대부분의 시간을 들였지만, 최선이라는 생각에 부끄럽지 않다면 아쉬운 대로 올렸다.

　문장에 빈틈이 보일 때마다 정해진 틀에서 벗어나 색깔 있는 문장력을 갖고 싶었다. 그래서 문장이 많은 곳으로 갔다. 같은 분야의 책을 틈날 때마다 읽었다. 마음으로 읽는 문장이 하나둘씩 쌓여 갈수록 보는 눈과 쓰는 눈이 조금씩 변화하기 시작했다. 이 문장과 저 문장 사이에는 이런 표현이 좋겠구나. 이 부분은 넣지 않았더라면 감정이 더 와닿았을 텐데. 책을 펼치고 덮을 때마다 조금씩 나의 기준에서 서서히 발전해 갔다.

　한 날은 매대에 가지런히 정리된 책들을 보고 있다 출판을 한번 해 보자는 생각이 들었다. 여정의 시작이었다. 포털 사이트 검색을 통해 이것저것 정보를 알아본 후 투고를 하자는 결론을 내렸다. 처음으로 투고해 볼 출판사는 고민하지 않아도 됐다. 제법 많은 책을 펼쳐 본 덕에 마음에 꼽은 출판사가 이미 있었다.

　구체적인 방향이 정해지자, 틈날 때마다 더 열심히 썼다. 퇴근 후 근처 카페로 향해 새벽 마감 시간까지 문장을 다듬는 일상을 보냈다. 설레는 마음이 가득 차올랐지만,

한편으로는 쉽지만은 않았다. 하나하나 내 손을 거쳐야만 직성이 풀리는 버릇 탓에 고생을 제법 했다. 마음에서 튀어나오는 것들은 대개 변덕이 심해서 자주 바뀌곤 했다.

그러던 어느 날이었다. 주머니에 넣어 둔 휴대폰에서 진동이 울렸다. 무슨 메시지인가 싶어 들여다보곤 내 눈을 의심할 수밖에 없었다. 갑작스런 출간 제의였기 때문이었다. 더 나아가, 투고를 마음먹은 출판사였다. 그렇게 우여곡절 끝에 나의 책이 세상에 태어났다.

첫 책을 마주하는 서점만큼은 동성로의 어느 대형 서점이었으면 했다. 그곳에서 처음으로 꿈이 출발되었던 만큼, 도착도 그곳이었으면 했던 바람 때문이었다. 서점에 입고되었다는 소식을 듣고 떨림과 기대를 한가득 실은 채 서점으로 향했다.

실물을 눈앞에서 마주했을 때, 묘한 감정이 파고들었다. 매주 어떤 신작이 나왔는지 두리번거리던 곳에 내 이야기가 떡하니 놓여 있었다. 떨리는 마음으로 책을 펼쳐 보는 순간, 숱한 지난날의 풍경들이 마치 영화처럼 머릿속에 펼쳐지기 시작했다.

작은 용기 하나로 글을 올려 보던 때부터 시작해 서점에 진열된 책을 바라보며 작은 꿈을 꾸었던 순간, 목차 하나 구상하는 일에도 쩔쩔 매던 때, 카페 새벽 마감 시간이 되면 짐을 싸고 언덕을 오르며 원고를 채워 갔던 날들, 그 모든 순간이 실처럼 촘촘하게 이어져 눈앞의 지금으로 이어졌다는 사실.

당장은 보이지도 않더라도 일단 나아가 보자는 믿음. 마음에서 태어난 문장들을 모으자는 시도가 글이 되었고, 글이 모여 이윽고 한 권의 책을 만들었다. 보잘 것 없을지라도 그렇게 나아가는 삶을 사랑하기로 한다.

여행의
시작

—

어디든 좋으니 한번 떠나볼 것.
그곳에서 마주한 풍경을 빈틈없이 사랑해 볼 것.
내 마음이 어디에서 뜨거워졌는지 생각해 볼 것.
추억을 마음에 싣고 이제는 나의 삶을 여행해 볼 것.

뜨겁게 살고 싶다
했다

두 번째 책을 내겠다는 방향이 정해졌을 때, 꾸준히
서점에 들르기 시작했다. 다음 작품을 위해서라는 까닭을
대면서였다. 요즘에는 어떤 분위기의 신간이 나오는지 조
사도 하고, 또 좋은 글도 직접 마주할 겸 매주에 한 번은
꼭 들렀다. 사실 말이 그렇지, 그냥 가고 싶어서 갔다. 서
점에서 책을 펼칠 때 가장 행복한 사람으로서.

이쪽 업계에 오래 있던 지인에 의하면, 매달 100권 이
상의 책이 쏟아지는 반면 반짝이는 작품은 기껏 해 봐야
서너 권뿐이라 한다. 단 한 권의 책이 만들어지기까지의
숱한 과정을 조금이라도 아는 사람으로서 속상한 사실이
다. 몇 년간의 노력이 촘촘히 이어져 한 권에 담겼는데, 그
빛이 제대로 드러나지 못하는 일.

얼마 전, 친구에게 연락이 왔다.

"네 책 없어졌는데?"

대구의 어느 대형 서점에서 꽤 오랫동안 스테디셀러 위치에 놓여 있던 녀석이 이제 내려갔다 한다. 대충 1년 반 정도 되었나. 집중 마케팅을 하던 철이 지났는데도 곳곳이 자리를 지키는 모습에 내심 뿌듯해 하곤 했는데, 이제는 모습을 감췄다니. 어쩌면 당연한 사실임에도 쓸쓸함을 버릴 순 없었다.

책을 내기 시작한 이후로 나의 삶은 꽤 변했다. 그중 하나가 열심히 살아 보려 애쓰는 버릇이다. 매일같이 밤을 새우며 원고를 써 내려가던 때, 그때의 뜨거움이 선명한 출발선이 되었다. 무언가에 열정을 퍼부을 때의 뜨거운 온도를 알아 버려서, 시간이 흘러서도 다시 그 온도를 찾는다. 배움에서 느낄 수 있는 것들, 기회를 찾거나 시도하며 깨닫는 것들을 사랑하게 된다. 여행지를 다시 찾는 여행자의 마음처럼, 뜨거웠던 사랑을 다시 찾는 까닭처럼.

허락된 시간에 비해 이루고 싶은 일이 많아지면 쉬는 일이 제법 어색해진다. 몸이 쉬는 순간에도 틈틈이 머리가 일을 한다. 차라리 이 시간에 조금이라도 더 하면 더 많은 것을 이룰 수 있을 것 같은 생각이 머릿속을 스칠 때, 몸은 누워있질 못하고 다시 분주히 움직인다. 쉼과 일의 구분이 꽤 흐릿해진다.

하고 싶은 일이 많다는 것. 목적지에 꽂을 깃발을 여러 개 손에 쥐었다는 의미라 생각한다. 목적지에 도달하기 위해 잠을 줄여야 하는 삶일지라도 하고 싶은 것을 하며 사는 삶이 진정 행복하다고 생각한다.

떠남의
설렘

"피라미드 보러 갈래?"

이집트행 항공편을 끊었다. 전역 후 내게 남은 시간은 한 달 남짓. 얼마 안 가 복직이 기다리고 있다. 어찌해야 속을 꽉 채운 듯 보낼 수 있을까. '다시 복귀하면 긴 시간 동안 어딘가로 떠날 일은 없을 텐데.'라는 고민 속을 헤맬 즈음, 제안을 받았다.

수많은 여행지를 구상하고 상상 속에서 걸어 보았지만, 마음이 달리고 싶어 하는 장면은 오직 이집트뿐이었다. 피라미드를 두 눈에 담고 싶었다.

어릴 적 학교의 책장에는 'ㅇㅇ에서 살아남기'라는 책이 많았다. 그중에서 '피라미드에서 살아남기'란 만화책을 품에 꼭 안고 다니곤 했다. 그때나 지금이나 고대 문명이란 볼수록 나를 설레게 한다. 그런 곳을 이제는 두 발로 걸고 눈에 담는다는 사실, 그것 하나에 이미 여행지를 걷고 있는 기분이었다.

한 해의 끝자락이 오면, 월초에 비행기를 타고 비행기에서 새해를 맞이하자는 계획을 세웠다. 세어 보니 대략 3주하고 조금. 피라미드도 그렇지만, '다합'에 대한 기대도 만만찮다. 스쿠버다이빙의 성지인 블루홀이 있는 곳, 흔히 '여행자들의 무덤'이라 부른다고 한다. 무덤이라는 말에 섬뜩함을 감출 수 없었지만 의미를 파헤쳐 보니 조금 남달랐다. 여행을 목적으로 그곳으로 떠났다가 돌아가기 아쉬워 눌어붙은 경우가 제법 있어 그렇게들 부른다고 한다. 우리의 계획 중 절반은 그곳에 머무는 일이었다.

여행을 떠남이 결정되면 남은 날은 설렘으로 자리 잡게 된다. 평생 잊지 못할 장면을 눈에 담는다는 기대. 여행이란 게 그렇다. 일상을 벗어나 걷다 보면 그토록 미워했던 사람도 문득 보고 싶어지는 것이, 어쩌면 다시 사랑하고 싶어질지도 모르는 것이 여행이니까. 가능하다면 그곳에서 몇 개의 문장을 만들어 삶의 모퉁이에 조심스레 끼워두고자 한다. 떠남의 설렘이 머물자, 행복이란 게 또 성큼 다가오고 있다.

돌멩이

영화 '기생충'에는 수석(水石)이 하나 등장한다. 관객들은 주인공 기우가 어디를 가나 수석과 함께하는 장면을 캐치해 낼 수 있다. 영화 후기에는 수석에 대한 추측이 난무하다. 그것은 운일 수도, 재물을 불러오는 힘일 수도, 어쩌면 허황한 꿈일수도….

어릴 적 TV 프로그램에서 강가를 걸어 다니며 돌을 찾는 사람을 본 적이 있다. 수많은 평범한 돌 사이에서 매서운 눈썰미로 특별한 돌을 찾는 사람. 가격을 들어 보니 제법 비쌌다. 같이 화면을 보던 가족들의 눈동자가 휘둥그레졌다.

"돌멩이 하나에 저 가격이라고…?"

누군가는 그냥 지나친 돌덩이. 그것이 다른 누군가에게는 맹신하고 싶은 삶의 희망이 되거나 큰 가치가 되는 세상이다. 이제는 돌덩이 하나라도 그것을 함부로 던질 수 없는 것이다.

눈에 보이는 것이 다가 아닌 세상이다.

다른
색깔

별것 아닌 일에도 괜히 마음이 지치고 되는 일도 딱히 없는 날이에요. 이어지는 날마다 내게는 쉼표가 필요한데 사람들은 계속 마침표를 찍으라 하고요. 저마다 다른 기준 에서 살아가기에 서로가 가지는 생각도 삶의 방식도 다를 수밖에 없는 것인데. 자꾸만 그 기준을 내게 들이밀죠. 나 는 내 색깔을 사랑하고 싶은데, 자꾸만 다른 색깔을 섞으 라 하죠.

마음의
화가

     —

말이라는 화살은 누구에게 쏘아졌느냐에 따라 그림이 변한다. 이를테면 '떠남'이라는 단어 하나가 눈앞에 놓였다면 최근 이별을 겪은 사람에게는 제법 슬픈 그림이, 여행을 앞둔 사람에게는 설렘이 펼쳐진다.

음악 또한 다르지 않다. 누군가에게는 큰 감흥을 불러일으키지 못하는 것이, 다른 누군가의 가슴을 철렁이게 한다. 위로의 문장에 웃는 사람이 있는가 하면 우는 사람도 있다.

예술이란 것들이 대개 그렇다. 1의 의미를 담았다고 해서 반드시 1이 되리란 법이 없다. 그것을 받아들이는 마음의 형편에 따라 0이 될 수도, 10이 될 수도 있다. 예술이 아름다우면서도 감히 치명적일 수 있는 까닭이다.

쓰고 그리고 노래하는 일을 넘어 사소하게 건네는 말 한마디도 어쩌면 예술이 될 수 있다. 어쩌면 너무 뻔할지도 모르는 사랑한다는 말 하나가 연인의 마음에 쏘아졌을 때, 마음의 크기만큼 그림은 무궁무진하게 거대해진다. 말 하나 건네었을 뿐인데 상대의 가슴에는 가장 아름다운 장면이 그려진다.

그 순간, 말하는 이는 듣는 이의 마음에 한 폭의 그림을 그리는 '화가'가 된다.

바다를 찾는
까닭

해운대를 찾았다. 글에 푹 빠지고 싶은 날이면 이용하는 방법이다. 작은 노트북 하나 챙겨 내가 사랑하는 공간을 찾는 것.

오후 7시, 해운대의 벤치에 앉아 바다를 들여다볼 때면 파도 소리와 한껏 어울리는 사람들의 소리가 동시에 귀를 타고 흘러들어 온다. 하나같이 바다를 등지고 셔터를 터뜨리며 순간을 영원으로 포장하는 사람들이다. 어떤 사랑은 마음이 너무 큰 탓인지 자신의 반쪽을 공중에 띄울 정도로 벅차게 끌어안는다. 저마다 다른 곳에서 왔지만 저마다 비슷한 표정을 하고 있는 곳. 이곳을 애정하는 까닭이다.

어둠이 걸터앉자 등 뒤로 펼쳐진 가로등이 주황빛의 물감을 풀었다. 한껏 어울리는 밤바다의 풍경. 얼마나 지났을까, 어린아이 하나가 폭죽을 들고 앞을 지난다. 기다란 막대 하나를 들어 하늘로 추켜올리니 불빛이 번쩍이며 하늘로 쏘아진다. 바다에 묶여 있던 저마다의 시선들이 하나같이 하늘의 반짝임으로 모인다.

화약 타는 냄새가 코를 찌른다. 썩 반갑지만은 않지만, 이 장면에 대한 대가라면 조금 더 머물다 가도 괜찮을 것 같은 기분.

사실 바다를 찾는 까닭은 저마다 비슷하다고 생각한다. 무엇이 변했을까, 하는 기대보다는 여전히 그 자리에 있을 것이라는 안심.

너무도 많은 것이 변해 가는 세상에서,
변하지 않는 것이 하나쯤 있다는 것을
간직하고 싶은 마음.

화
가

모든 색깔을 애써 가며
내 인생에 칠하려 하지 않을 것.
단 하나의 색을 가졌을지라도
그것을 잃지 않고 살아갈 것.
나의 삶에 진하게 칠해 낼 것.

3호
선

"어디까지 가세요?"

칠순은 넘어 보이는 어느 노인의 물음으로 시작됐다. 먼저 말을 걸어 주길 기다렸다는 듯 저마다의 이야기는 물결처럼 흘러들었다. 검은 봉투에 들어 있는 것이 무엇이냐는 물음에는 무슨 나물인데 건강에 그렇게나 좋다고 한다, 주변에 들리는 이야기에 의하면 그것을 먹고 건강을 되찾은 사람이 한둘이 아니라 한다, 답한다. 우연히 귀를 타고 흘러드는 쏠쏠한 삶의 지혜를 엿듣던 중, 이야기는 물감 퍼지듯 자식 이야기로 번져 갔다.

"우리 아들은… 우리 딸은….”
"우리 손자는… 우리 손녀는….”

저마다의 이야기는 열차처럼 끝을 모르고 달렸다. 자식 이야기를 나누는 부모의 마음을 헤아려 볼 때면, 문득 어떤 문장이 머릿속을 거닐곤 한다.

"내가 나이가 들었나 봐. 지나가는 청년들을 보면 다 너인 것만 같더라."

언제부턴가 누군가를 만나면 자연스레 자식 얘기만 하게 되더라는 말. 금쪽같은 새끼라서 세월이 쌓일수록 자신의 전부에 가까워지는 것일까.

살아간다는 게 조금 벅찰 때면, 살아가야 하는 이유를 향해 살포시 고개를 돌려 보곤 한다. 누군가에게 내가 삶이자 이야기가 되고 있는 장면들. 그렇다면 기왕 부족하지 않게 남고 싶어 더 열심히 걷게 되는 마음일까. 또 걷다 보니 달리고 싶은 것일까. 이유가 어찌 됐든, 내가 살아가는 삶이 누군가의 삶과 이어져 있다는 사실은 변하지 않는다.

변하지 않는 것들은
변하지 않아서 살아가게 한다.

어른의
마음

'어림'과 '젊음'이라는 두 단어. 제법 비슷해 보일지라도 엄연히 다른 그림처럼 느껴진다. '어림'이라는 단어를 생각할 때면 마치 팥이 쏙 빠진 붕어빵처럼 느껴질지도 모른다. 책임이 쏙 비어 있는 것.

저마다 은연중에 어깨의 무게를 재어 볼 때면 더는 어리지 않다는 것을 스스로 깨닫는 순간이 온다. 지켜야 하거나 지키고 싶은 게 많아졌을 때다. 그런 때가 오면 사람은 자라온 숫자만큼 혹은 그 이상으로 성숙해진다. 어림과 젊음을 스스로 재단한다.

두 가지의 마음을 갖고 살아간다. 어른이 되고자 하거나 이미 어른인 마음, 그리고 여전한 아이의 투정 같은 마음.

언제나 어른의 마음일 수만은 없다. 아이의 마음이 불

쑥 앞서 나올 때가 있다. 내가 할 수 없는 것만 같은 때. 지레 겁먹게 되는 순간이다. 그럼에도 수많은 어른의 마음이 아이의 마음을 달래며 삶을 이끈다.

삶은 결국 나아가게 되어 있으며,
흔들림은 필연적으로 누구에게나
찾아오는 것이라는 믿음.

그럼에도 꺾이지 않고 살아가는
저마다의 삶을 응원한다.

달리고 싶은
마음

—

회사가 다른 지역에 위치한 탓에 매주 두 개의 도시를 왕복하고 있다. 주말이면 향하는 일과 돌아오는 일을 반복한다. 주로 야간 고속버스에 오르는데, 질릴 법도 한 창밖의 풍경은 매번 시선을 훔쳐 간다. 야간의 장면이란 그렇지 않은가. 주위가 모두 어둠으로 가득해서 작은 불빛 하나도 충분한 그림이 된다.

버스나 기차에 오를 때면 한껏 자유로워지는 마음을 조심히 들여다봤다. 무엇 때문일까. 어쩌면 '달린다'는 사실이 그 까닭이 될 수 있지 않을까 생각했다. 쳇바퀴처럼 돌고 도는 일상이 도로 위에서만큼은 눈치를 보지 않고 달리는 것만 같아서.

어쩌면 그래서 여행을 하고 새로움을 마주하려는 것이 아닐까, 하는 생각으로 번져 간다. 가만 보면 제법 닮았지 않은가. 기차에 오르든 버스에 오르든, 혹 목적 없는 여행일지라도 어딘가를 향해 달리고 싶은 마음은 누구나 여전하니까. 새로움을 마주할 때면 우리는 언제나 한 걸음씩 앞으로 나아갈 수 있었으니까.

미완의
미

이집트의 '기자'라는 도시를 지날 때 가장 먼저 눈에
든 것은 다름 아닌 건물이었다. 하나같이 미완의 미를 펼
치기라도 하듯 완공되지 않은 채로 그 속에 사람이 들어가
살고 있었다. 현지인에게 슬쩍 물음을 던져 보니 이곳에서
는 어느 정도 당연한 일이라 한다. 1, 2층만 완성이 되어도
우선 사람이 들어가 살면서 3, 4층이 완성될 때까지 쭉 지
낸다고 한다.

미완일 때 들어가 함께 완성되는 것. 꼭 누군가의 마
음으로 들어가 살아가는 방식과 쏙 닮은 듯 느껴졌다.

애초부터 완성으로 함께하는 마음은 세상에 없을 테니
까. 잠깐의 눈 맞춤이 발자국을 남길 때면 흔적을 따라 출
처 속으로 끌려가는 게 사람의 마음이니까. 모든 시작이
그러하듯 완성되지 않은 마음에 노크를 하고 완성되지 않
은 눈동자 속에 들어가 또 하나의 나로 살아간다.

미완에서 완성을 향해 나아가는 것, 혹은 영영 미완일
지라도 끝내 머무는 것이 온전히 함께하는 것이라고 몇 번
의 사랑을 통해 배웠다.

더 높게 쌓기 위해서는
아래서부터 함께 살아가는 법을
먼저 배워야 한다는 것.

서로의 눈동자를 바라본 날보다는
같은 곳을 바라본 날이 더욱 빼곡할 때
마음은 조금 더 촘촘해질 수 있다는 것.

가장 깊은 별이
숨 쉬는 곳

촘촘한 별을 눈에 담고 싶어서 베두인 카페를 향했다. 이곳이 길인지 아닌지 의문이 솟을 틈도 없이, 일행과 함께 쉼 없이 하늘을 향해 올라가고 있었다.

정상에 이르렀을 즈음 감탄의 소리가 곳곳에서 울려 퍼졌다. 고개를 들자 감탄하기에 전혀 손색없는 풍경이 펼쳐졌다. 무수한 별이 촘촘하게 눈동자를 비추고 있었다. 마치 한껏 쓸어 담듯 밤하늘을 바라보고 있을 무렵, 작은 별똥별 하나가 밤하늘에 일 자를 그으며 선명히 지나갔다.

오늘은 별똥별이 떨어질 것이라며 어두운 곳으로 향하라던 어느 문장이 떠오른다. 별 무리를 보려면 기필코 어둠을 찾아야 한다는 말. 빛에게 묻혀 버린 빛을 찾는 일이 그날 밤 우리가 한 일이었다.

모난 길을 손으로 짚어 가며 산을 오르고, 때로는 넘어질 듯이 휘청거린다. 움푹한 모래에 발이 푹 빠지며 숨이 차오른다. 손전등에 의지해 어둠으로 천천히 들어간다.

그곳에 가장 깊은 빛이 있었다. 도시에서는 볼 수 없던 촘촘한 별이 있다. 가장 깊은 곳에, 가장 깊은 것들이 숨 쉬고 있다.

**어떻게
든** ⸺

    느린 사람인 줄 알았는데 엄연히 다른 길을 걷던 것이
었고, 먼 이야기 같던 행복도 틈틈이 찾아오고 있던 것이
었다.

나는
어떻게든
피어나고 있었다.

진짜 사랑은
거리를 초월한다

　제일 친한 친구 녀석이 한국을 떠났다. 제대하면 자주 볼 녀석이었는데, 며칠 안 남았을 무렵 비행기를 타고 홀쩍 캐나다로 향했다. 더 큰 세상에서 살고 싶다 했다. 아무리 힘들어도 한국에는 다시 돌아오지 않을 거라 한다. 녀석의 꿈을 누구보다 응원하는 사람이지만 한편으로는 괜한 서운함 같은 것이 차올랐다. 자주 보고 살 줄 알았는데 영영 먼 곳으로 떠난다니…. 티 내지 못할 아쉬움, 속 시원히 잘 가라며 태연히 손짓하면서도 속으로는 자주 찾아와 줬으면 하는 바람.

　세상에는 세 가지 이별이 있다. 몸이 멀어지는 이별, 몸은 그대로인데 마음만 멀어지는 이별, 그리고 세상을 등지고 떠나 버린 이별. 세 가지의 이별을 모두 겪으며 살아감에도 작은 이별 하나에 또 쓸쓸해지는 건 어쩔 수 없는 모양이다.

이별이란 단어를 들을 때면 연인 간에 돌고 도는 말이 슬그머니 떠오른다. 몸이 멀어지면 마음도 멀어진다는 말. 그에 대한 정답은 경험으로 직접 배웠다.

　　누구에게는 그것이 사실이라 배웠는데, 누구에게는 다를 수도 있다는 것을 또 배웠다. 진짜 사랑은 거리를 초월했지만, 가짜 사랑은 거리라는 핑계를 제조했다. 어떤 마음은 거리를 따라 멀어졌지만, 어떤 마음은 더 가까워졌다.

무
계획

　　쉼표가 필요하다는 이유로 무계획의 여행을 떠난다. 무엇을 할지, 무엇을 먹을지, 누구를 만나게 될지는 모른다. 작은 배낭 하나가 전부. 무계획의 여행을 떠나는 까닭은 하나, 내려놓기 위해 떠나면서도 많은 것을 실은 채 기차에 오르는 게 사람이니까.

동행
자

—

삶이란 길에서 잊을 만하면 마주치게 되는 것이 하나 있다. 외로움이다. 모순적이게도 대개의 사람이 피하고 싶어 하는 감정의 하나일 테지만.

외로움은 마음의 목소리와도 같다. 그럼에도 불구하고 이를 어두운 감정이라 치부하며 벗어나려 할 때가 많다. 철저하게 자신의 내면에서 출발된 목소리임에도 불구하고 그 소리를 듣지 않으려 마음을 닫는다. 결과는 뻔한 그림으로 이어진다. 만약 당신의 반쪽이 당신에게서 멀어지고 있다면 어떻게 할 것인가. 있는 힘껏 소리치지 않겠는가. 내 마음을 알아 달라며 말이다. 외로움도 마찬가지다. 외면하는 날이 이어질수록 마음의 언성만 높아질 뿐이다.

여행길에 함께 오르는 사람들에게 서로를 잘 아는 것
만큼 중요한 일은 없다. 서로가 서로를 알아야 오랫동안
함께할 수 있기 때문이다. 그래야 여행지에서 마주한 풍경
을 빈틈없이 사랑할 수 있다.

삶도 마찬가지다. 가장 많이 마주하는 나의 감정을 잘
알아야 한다. 명백한 삶의 동반자이기 때문이다. 걸음이
늦다면 속도를 줄여 가고 섬세하게 보폭을 맞출 줄 알아야
한다.

살아가는 매 순간, 마음의 호수에는 내면의 목소리가
잔잔히 울려 퍼진다. 동행이라는 것은 그것에 온전히 귀를
기울이는 것에서부터 출발한다.

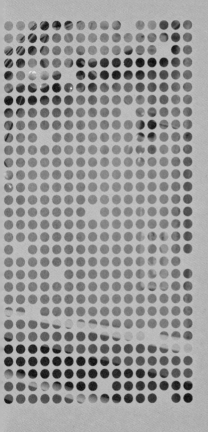

5

우연이
반복된다는 건
과감히 운명에
기대어 보라는
초록불의
신호일지도

파란불
혹은 빨간불

'관계자 외 출입금지'

문짝에 붙어 있는 빨간 문구를 마주할 때면 문 너머의 풍경이 사뭇 궁금해져 상상 속으로 빨려 들어간다. 갈 수 있는 곳보다는 가지 못하는 곳에 더 끌리게 되는 마음 때문일까. 제지하면 괜스레 더 호기심이 솟아나는 마음.

빨간색으로 표시되는 것들에는 닮은 점이 있다. 멈춰야 할 때를 알려 준다는 것. '금연구역'이란 문구는 흡연으로 타인에게 주는 피해를 멈추게 해 준다. '옆문을 이용하세요'에서 '옆문'을 빨간색으로 칠함으로써 옆문만이 열려 있음을 알려준다. 매일같이 마주하는 횡단보도의 신호등도 그러하다. 초록불이 빨간불로 바뀌면 인도의 행인들은 일제히 걸음을 멈추고, 도로에 남아 있던 사람들은 급히 도로를 뜬다. 지금은 자신이 나아갈 때가 아님과 머물러야 하지 않아야 할 때임을 알기 때문이다.

보이지 않는 것들이 명백히 많은 삶에서 구석구석에 신호등이 있기를 바라는 마음은 여전하다. 특히나 사람의 입에서 태어나 누군가의 가슴으로 향하는 말.

보이지 않는 것들은 대개 애매해서
무심코 지나칠 때가 많다.

누군가의 입에서
빨간불의 문장이 나왔음에도 불구하고
초록불일 것이라는 모호한 믿음으로
섣불리 건너 버리는 것처럼.

안전
거리

대구의 동성로에는 두어 번 정도 들른 작은 바가 하나 있다. 짧은 시간 들렀음에도 그곳의 기억이 유독 진한 이유는 길고양이 때문이었다. 바의 입구 왼편에는 작은 사료통이 하나 있다. 길고양이들을 위해 먹이를 주는 듯했다. 자리에 앉아 맥주를 마실 때도 시선은 틈틈이 그곳에 머물렀다. 십여 분 전까지만 해도 백색의 고양이가 사료통에 얼굴을 들이밀고 있었는데 갑자기 얼룩이 졌다.

몇 분이 지났을까. 한 마리가 슬금슬금 열린 문 사이로 들어섰다. 쫓겨나지는 않을까 하는 걱정이 밀물처럼 밀려들 때, 어디선가 목소리가 들려왔다.

"이 선 안에서 왔다 갔다 할 거예요. 괜찮으시죠?"

녀석도 선을 아는 것인지, 그 이상은 다가오지 않는 듯했다.

어느 날이었다. 정차역에 거의 다다랐을 무렵, 열차가 착지하는 한 마리의 나비처럼 서서히 속도를 늦추더니 이내 멈춰 섰다. 무슨 일인가 싶어 하는 사람들의 동그란 눈동자가 서로에게 번져 갈 때, 방송이 울려 퍼졌다.

"우리 열차는 앞 열차와의 안전거리를 확보하기 위해 잠시 정차하였습니다."

철로 위를 달리는 열차들은 안전을 명분으로 일정한 거리를 약속한다. 이런저런 사정으로 거리가 좁혀졌을 때는 충돌하지 않기 위해 서서히 속도를 낮추거나 쉬어 간다.

삶이라는 철로 위에서 우리도 마찬가지의 방식을 가진다. 틈틈이 전진을 하면서도 저마다의 삶이 부딪히지 않고 온전히 나아가기 위해서 나름의 규칙이 있다. 안전거리를 확보하지 못했을 시에는 서로의 삶이 충돌한다. 이내 열차가 흔들린다.

충돌이 무서운 이유는 어쩌면 나의 아픔 때문만이 아닐 수 있다. 그 안의 것들이 흔들리기 때문이다. '함께'라는 이름으로 열차에 올라 나아가던 내 사람들이 흔들리고, 벽면에 걸어 놓은 공들여 쌓아 온 순간들이 땅에 떨어져 금이 간다. 실처럼 서로 촘촘히 연결된 삶을 사는 까닭에, 우리는 함께 나아갈 수 있는 동시에 함께 무너질 수도 있다.

열차가 전진을 한다. 안전거리를 지킨다. 지켜 내야 하거나 지켜 내고 싶은 것들. 저마다의 열차에는 여전히 많다.

**출발
선**   —

작은 핑곗거리들이 내일의 우리를 만나게 할 것을 아
나요. 우연인 척하는 것들에 은근슬쩍 운명을 그려 보았으
면 하는데요.

애틋한
분위기

　몸과 마음이 훌쩍 자라서 슬그머니 뒤를 돌아볼 때면, 그러한 시절이 내게도 있었다는 사실이 왠지 모르게 분위기를 애틋하게 이끈다.

　현관문을 나서 몇 분만 거닐면 어린 시절을 보낸 옛 학교가 나온다. 시원한 밤공기가 그리울 때면 종종 찾곤 하는 곳이다. 운동장을 몇 바퀴 거닐었을까, 저 멀리서 소리가 들려왔다. 어둠이 적막하게 내려앉은 시간대. 잘 보이진 않았지만, 공을 차고 있는 아이들의 소리 같았다. 그 소리를 듣고 있자니, 문득 나의 어린 시절이 머릿속에 펼쳐졌다.

　하교 후 뜨거운 태양 아래 모여 축구를 하던 아이들. 당시에 나는 작은 문제를 가지고 있었다. 조금만 뛰어도 또래의 친구들에 비해 발이 아프다는 것이었다. 처음에는 누구나 아픔을 참고 뛰는 것인 줄로만 알았다. 아픈 발을 참지 못해 계단에 쪼그려 앉아 있는 내게 친구 녀석이 다가와 '왜 그러냐' 물음을 던졌던 어느 날, 그때 내가 다르다는 것을 처음 알았다. 꽤 시간이 흘러서야 평발이라는 것을 알았다. 남들보다 더 아플 수 있다는 말을 듣고 그간의 모든 의문을 이해했다.

생각이 완전히 자라지 않았던 시절에는 쓸데없는 상상을 자주 행동으로 옮겼던 것 같다. 보도블록을 굳이 일 자로 따라서 걸어 본다거나, 여기서 출발해 저곳에 도착할 때까지는 숨을 참아 보자는 것들. 숨이 부족해도 끝까지 참아 가며 그곳에 도착해 혼자 헉헉거렸던 기억이 있다. 자전거를 배운 지 얼마 되지 않았던 때 두 손을 모두 놓고 타는 친구 녀석이 뭐가 있어 보였는지, 따라 함과 동시에 넘어져 살이 까져 보기도 했다.

들려오는 소리가 지난 시절의 것들을 희미하게 그린다. 돌아보면 자잘하게 행복하던 시절이었고, 가끔은 돌아가고 싶다는 것. 누구나 그런 추억 하나쯤 갖고 애틋한 분위기로 산다.

다시 '함께'로
향하고

혼자 영화를 봤다. 즉흥적으로 무언가를 곧잘 결정하는 편이라 그럴까. 타인과의 일정 조율이 번거롭게 느껴질 때면 스스로 벗어나려는 버릇이 있다. 혼자 밥을 먹거나 서점에 들른다. 때로는 혼자 기차에 오르고 사랑하는 분위기의 카페를 찾아 원고를 펼친다.

마음은 어느새 혼자일 때 더 큰 편함을 느끼는 눈치다. 처음에는 다소 어색하던 일이 편안함을 알아차린 후로 단골이 됐다. 당장 보고 싶은 영화 한 편을 기다리지 않고 볼 수 있다는 것, 지금 당장 떠나고 싶다면 무작정 기차에 오를 수 있다는 것.

오래전 홀로 국내를 여행한 적이 있다. 철도청에서 '내일로'를 끊으면 며칠간 전국의 모든 기차에 무제한으로 오르내릴 수 있다. 부지런히 이곳저곳을 누비며 분주한 일상에서 벗어나 혼자만의 시간으로 하루하루를 채워 나갔다.

그렇게 며칠째 되었을까. 아이러니하게도 정신을 차렸을 때 나는 집으로 돌아가는 기차 안이었다. 여행을 다녀오겠다던 아들이 생각보다 일찍 모습을 보이자 어머니는 끝난 것이냐며 물음을 건넸지만, 사실 여행은 계속되고 있었다. 왠지 모르게 그저 잠깐, 집과 가족이라는 포근함이 필요했을 뿐.

　　그때 알았다. 혼자가 편해 혼자 떠나면서도, 몇 끼를 혼자 보내면 마주 앉아 밥 먹으며 이야기 나눌 사람이 그리워지는 게 사람이라고. 사색에 잠기며 바다를 바라보고 싶어 왔음에도 결국 같은 시선을 나누고 싶은 사람이 필요해지는 것이라고. 슬픈 멜로 영화를 볼 때면 차오른 감정을 조금 낯간지러울지라도 나누고 싶은 게 사람의 마음이라고.

　　모든 순간에 '함께'가 될 필요는 없다지만, 사람의 마음이란 게 그런 듯하다.

결국에는 다시 '함께'로 향하고
'우리'가 되길 원한다.

인연의
의미

—

"하나만 물어 볼게요. 여기서 다대포까지 머나요?"
"죄송해요. 저도 이쪽 사람이 아니라서요."

해변의 벤치에 앉아 원고를 다듬고 있을 무렵, 앞을
지나던 한 남자가 말을 걸어왔다. 대화는 멈추지 않고 몇
가지의 물음으로 이어졌다. 자신은 서울에서 왔는데 나는
어디서 왔느냐는 말, 무슨 일을 하는 사람이길래 바다를
배경 삼아 노트북을 들여다보고 있냐는 말, 또 나이는 어
느 정도 되느냐는 말. 몇 마디의 사소한 대화가 몇 분간 부
드럽게 오갔다.

"이렇게 만난 것도 인연인데, 괜찮으시다면 커피 한
잔 사 드려도 괜찮을까요?"

순간 낯선 친절을 경계하는 버릇이 느닷없이 튀어나
왔다.

"아, 친구가 곧 오기로 해서요."

1초 만에 없던 친구가 생겼다. 누가 보아도 혼자 온 듯한 모습을 하고서 끝내 거절하는 모양새. 남자는 제법 못미더운 듯한 표정으로 이상한 사람은 아니니 오해는 하지 않았으면 좋겠다는 말과 함께 자리를 떴다.

다시 혼자가 된 뒤에 곰곰이 생각했다. 쉽게 커피 한 잔 하는 것도 편치 않은 건 세상 때문일까, 아니면 세상을 핑계 삼은 나의 마음 때문일까. 한 켠에 생기는 찜찜함. 정말 좋은 뜻이었다면 어쩌면 실례를 저지른 것은 아닐지, 더 나아가 인연을 놓친 것은 아닐지, 그것보다 왜 커피 한 잔에도 경계를 해야 하는 세상일지.

그렇게 한 시간이 지났을 무렵, 쉬지 않고 돌아가던 노트북을 접었다. 햇빛이 쨍쨍할 때 펼쳤던 것이, 어느새 지려는 눈치였다. 옷을 주섬주섬 주워 들며 자리를 뜨려는 찰나, 말소리가 들려왔다.

"아직 있으시네요?"

고개를 돌려보았을 때, 좀 전의 남자임을 알아챘다.

'무슨 말을 해야 할까. 친구가 조금 늦는다는 핑계를

대야 하나. 이렇게 자꾸 거짓말을 하는 건 불편한데. 그것보다 내가 왜 거짓말을 해야 하는 거지…?'

어떤 대답을 해야 할지 당황한 듯한 나의 표정을 본 남자는 이내 깊은 표정으로 내게 말했다.

"사실은 조금 화가 나서 왔어요. 좋은 뜻으로 인연이 되고 싶은 마음이었는데, 느닷없이 경계하는 모습에 조금 속상하더라고요. 어쩌면 그럴 수도 있겠다며 해변을 따라 한 바퀴 돌고 왔더니 곧 친구가 온다던 사람이 여전히 그대로 앉아 있네요?"

남자는 연이어 말했다.

"그러면 제가 다시 한번 더 말할게요. 저는 이런 사람이고요. 이상한 사람이 아닙니다. 친해지고 싶어서 그런 거고요. 괜찮다면 커피 한 잔 제가 사 드려도 될까요?"

결국 근처의 카페로 함께 향했고, 결과적으로 지난 일이 어색할 정도로 서로에게 좋은 인연이 되었다.

애기를 들어 보니, 당시 곧 있을 의료 해외 자원봉사를 며칠 앞두고 팀원들보다 먼저 도착한 상태에서 내게 말을 걸어온 것이었다. 둘 이상이 자리를 잡고 바다를 바라보는 풍경 사이에 홀로 바다를 배경 삼아 노트북을 두드리는 사람이 궁금했던 것이다. 우연히 섞은 대화를 몇 번 연장하였다니 조금 더 친해지고 싶었다고 한다.

유럽권에서 대부분의 시절을 보냈다는 이야기를 들었을 때, 그간의 모든 것들을 고스란히 이해할 수 있었다. 길을 걷는 낯선 이에게 인사를 하거나 말을 걸어도 전혀 이상하지 않은 문화.

인연이라는 단어를 소중히 다루는 입장에서 이번 일은 상당한 전환점이 되었다. 문이 항상 열려 있어야 한다는 의미를 어쩌면 스스로도 잘 몰랐으며, 내심 스스로도 모르게 닫고 있었던 것인지도 모른다. 인연은 어디서 어떻게 다가올지 모른다는 말, 그 의미를 하나의 소중한 인연이 탄생하고서야 비로소 경험으로 배웠다.

한숨의
무게

—

몇 잔의 술이 들어가자 후 하고 내뱉은 숨이 남을 사람은 결국 남는다는 말로 이어진다. 사람에 지칠 때면 끝내 펼쳐지는 마음이다. 최선을 다했어도 결국 떠날 사람은 떠나가더라 하는 세월 섞인 목소리. 혹은, 그래서 그때의 상처가 남아 쓸쓸하게도 관계에 대한 노력을 예전보다는 조금 덜하게 되었다는 의미로 확장되곤 한다.

날카로운 경험에 풍화되는 마음처럼 떠남도 결국은 사람을 무뎌지게 만드는 것일까. 몇 번의 다리를 건넜더니 뒤로 다시 돌아가는 일보다는 묵묵히 앞으로 나아가는 일이 더 중요함을 깨달은 것일까. 그 의미를 모르는 사람이야 없겠지만 때로는 제법 조심스러운 말이다. 남을 사람은 결국 남는다 말하면서 뒤로는 애초의 노력을 덜어 낼 수 있는 양날의 문장이기에. 사람에게 소홀한 사람만큼은 끝내 되지 않으려는 마음으로.

약간의
용기

　문득 보고 싶다는 말에 심장이 진짜로 뛰는 걸 느껴
본 적 있나요. 떠나자는 말에 행복을 끌어안은 표정으로
대답한 적 있나요. 내려놓아도 된다는 말을 들었을 때는
요. 초록불은 엄연히 우리 곁을 맴도는데 건널 용기가 조
금 부족했던 걸지도요.

망각

사람이 사람을 바라볼 때 가장 먼저 시선이 닿는 곳은 눈이라고 합니다. 사람이 사람에게 상처를 남기는 행위는 대개 입에서 출발한다고 하고요. 사람이 사람을 미워하는 까닭의 대부분은 귀를 타고 들어온 것이라네요.

우리는 수많은 사람 속에서 행복을 느끼고 때로는 아파하며 살아가면서도, 관계에 있어서 가장 예민한 것들을 놓치는 경향이 있다죠. 무겁게 할 것을 가볍게 하고, 넓게 보아야 할 것을 좁게 본답니다. 놓쳐야 할 것을 들어 버리며, 그것들을 다시 반복하죠. 관계를 이루는 것은 혼자가 아닌 둘임에도, 그것을 잠시 잊고서 살아갈 때가 무던히도 많답니다.

나는
괜찮습니다

—

"밥은 먹었니? 별일 없고…?"

저녁이 되면 매일같이 오가는 전화. 크게 다름없는 내용. 밥은 먹었느냐, 무슨 일 없느냐, 그냥 전화해 봤다. 수화기 너머로는 자주 긍정의 회신만이 넘어간다.

"응. 잘 챙겨 먹었어."
"별일 없어."

선의의 거짓말이 유행하는 시간이다. 허기진 배가 채워지고, 있던 일이 없던 일이 되어 버린다.

그날은 무엇을 잘못 먹었던 것일까. 온몸에 겨울이 찾아온 듯 파르르 떨렸지만, 모순적이게도 땀은 멈추질 않고 있었다. 입술은 파래지고 곳곳에 통증이 느껴졌다. 몇 년 치의 병을 한 번에 앓은 듯한 날. 가족의 곁을 떠나 홀로 지내는 사람들이 서러움을 느끼는 몇 안 되는 순간이다. 아프면 항상 같이 있어 주던 사람이 너무 멀리 있는 날. 혼자라는 생각에 괜히 마음까지 병에 걸리는 날. 아침에 떠오르는 해처럼 마주쳐 알 수밖에 없던 일들은, 이제 말하지 않으면 결코 알 수 없는 일들이 되어 버린 지 오래다.

별일이 있어도 없어야만 하는 날. 말하지 않아도 저마다 그 이유를 안다. 누구 앞에서만큼은 더는 아프지 않아야 한다는 것을.

지난
시절

—

지나갔다는 말이 제법 슬프게 들려올 때가 있습니다. 따뜻한 바람이 불어오던 계절에서 쌀쌀한 계절로 넘어갈 때처럼 말이지요. 나는 여전히 같은 곳에 같은 마음으로 서 있는데, 어느덧 가지는 앙상해졌고 온도는 제법 낮아졌습니다. 마음은 그때처럼 여전히 뜨거운데 이제는 둘이 아닌 홀로 살아가고 있습니다. 계절이 바뀌는 게 반갑지만은 않다면, 지나갔다는 말이 제법 슬프게 들린다면 어쩌면 마음 깊숙한 곳에서는 어떤 시절을 간절히 그리워하고 있는 건지도 모르겠습니다.

마침표가
쉼표로

—

'잘 살자'

어느 학교의 교훈이다. 교문을 들어서면 커다란 비석에 세 글자가 큼지막하게 새겨져 있다.

잘 산다는 의미는 무엇일까. 풀지 못한 숙제를 붙잡고 있는 기분. 저마다 다른 기준으로 살아가는데 무엇을 기준으로 판단할 수 있을까. 썩 잘 살았다고 생각했는데 누군가 혜성처럼 나타나 못 살았다고 하면 그건 못 산 것일까.

무엇으로 퍼즐을 맞춰야 할지는 여전히 모르겠으나 기준을 내게 두어야 한다는 것, 그것 하나쯤은 안다. 삶의 기준이 타인이 아닌 나에게 얼마나 있느냐, 누군가 툭 하고 내던진 가벼운 말에도 무너지지 않는 단단함을 가지고 있느냐, 하는 것들.

누군가 당신을 보고 처참히 무너졌다고 손가락질할 때, 잠시 넘어진 것뿐이라며 훌훌 털고 일어날 수 있기를 바란다. 잘 살아 보겠다는 다짐. 그 다짐 하나가 마침표를 쉼표로 이어 가게 한다.

마침표에 선 하나 그으면
쉼표가 된다.
그런 용기가 함께하길 바란다.

백
일째

—

　새하얀 마음을 펼쳐 모퉁이에 글자를 적었다. 어느 시절의 이야기를 함부로 오늘로 데려오지 않을 것. 이런 문장들은 대개 99일을 참더라도 남은 하루를 못 버티는 것들이었다.

이 밤,
부디 안녕하기를

얼룩

새벽 비가 내리면 창가에는 빗물이 뚝뚝 들러붙는다. 유리와 맞닿은 물방울은 중력을 따라 아래로 추락하며 질서 없는 그림을 그린다. 밤이 지나 태양이 얼굴을 들이밀면, 물방울은 하늘이 끌고 간 것인지 온데간데없다. 오직 물기라는 형태로 그림자만이 남아 있을 뿐. 비가 내린 다음 날, 많은 것에 흔적이 새겨진다. 얼룩이라는 이름으로.

한 아이가 얼룩을 지우려는 듯 조심스레 유리를 문대어 본다. 아무리 힘을 주어 보아도 얼룩은 아이를 비웃기라도 하는 양 사라지지 않는다. 비로소 아이는 깨닫는다. 안에서 아무리 문대어 본들 지워지지 않는 자국이란 것을. 밖에서 그리고 간 그림은 밖에서 지워야 하는 법임을.

아이는 커서 사랑을 했다고 한다. 누군가 그려 놓고 간 그림을 안에서 계속 문대어 보았다고 한다. 계속, 또 계속.

때가
중요한 것들

시기를 놓치면 저만치 달아나는 것들이 있다. 이를테면 새벽잠 같은 것들. 사람과 사람 사이에서 오가는 표현도 제법 그러하다. 좁은 간격에서 머무는 관계라면 더더욱. 표현이라는 것은 제때 하지 않으면, 말의 농도가 달라질 수 있다.

표현에 서툰 사람 중 한 명이라 종종 미룰 때가 많지만, 적어도 사과의 표현만큼은 시기를 놓치지 않으려 한다. 늦으면 사람이 떠나갈 수 있기 때문이다.

표현이라는 것, 마음의 솔직한 부분을 꺼내는 용기가 필요하다. 고맙다거나 사랑한다는 표현이 따뜻한 마음에 온기를 더해 주는 표현이라면, 어쩌면 조금 지연되더라도 괜찮을 수 있다.

반면, 상처받은 마음은 매서운 한겨울에 얇은 옷만 걸

친 채 거리를 헤매는 마음과도 같다. 미안하다는 진심 어린 표현은 그런 마음에게 다가가 두꺼운 외투를 입혀 주고 따뜻한 차 한 잔을 손수 내어 주는 일과 같다.

그래서 중요한 것이다.

때가 중요한 것들은,
때를 놓치면 이미 사라지고 없다.

다른 온도의
마음

　나의 마음은 10인데, 왜 너는 고작 5의 마음이냐며 네게 나무란 적이 있다. 사실 어느 마음 하나도 0이 아니었음이 중요한 것인데. 너는 내가 뜨겁다 했고, 나는 네가 차갑다 했다. 수치화할 수 없는 것을 두고 감히 온도를 쟀다. 무엇 하나 틀린 것이 아니었는데. 저마다 마음이 차오르는 시기가 조금 달랐을 뿐인데.

　돌이켜 보며 깨닫는 게 있다. 우리는 매 순간 설불렀고 보잘것없는 것에서 자주 크기를 재었다는 것이다. 문을 두드렸음에 감사했어야 했는데 자꾸만 성급히 열어 보려 했고, 출발했다는 사실이 중요한 것인데 숨이 차오르게 달려야만 사랑이라 생각했다. 무게를 잴 수 없는 것들을 자주 저울 위에 올리며 서로를 나무랐다.

　한 사람이 내 안으로 들어온다는 사실이 불러온 초조함과 망설임 혹은 설렘 같은 것들. 서로에게 순간마다 확신이 되거나 혹은 결핍이 되곤 했다. 누구는 강렬한 여름을 바랐으나 누구는 조금의 겨울을 바랐다.

겨울과 여름을 반복하고 있다는 사실은, 계절을 넘어 나아가고 있다는 사실이었음에도 우리는 그저 어찌할 바를 몰라 창밖만을 바라봤다.

지붕
혹은 우산

—

　빗방울이 떨어지는 날이면 저마다 지붕을 찾는다. 지붕은 자신의 분신인 그림자로 안의 것들을 품는다. 태양이 뜨거울 때면 그늘을 만들고, 하늘의 질투에 비가 쏟아질 때면 하나의 거대한 우산이 된다.

　하지만 지붕 아래 뿌리내린 것은 어찌할까. 평생을 지붕 아래서 머물러야 한다면. 보살핌이 너무 과하다고 생각한다면. 지붕 아래에 피어난 꽃은 어떻게 태양을 마주해야 할까.

나는 당신에게, 당신은 나에게.
지붕이었나, 우산이었나.

서툴더라도
반짝이게 살아갈 것

1판 1쇄 인쇄 2020년 4월 7일
1판 1쇄 발행 2020년 4월 17일

지은이 채민성
펴낸이 안종남

펴낸 곳 지식인하우스
출판등록 2011년 3월 31일 제 2011-000058호
주소 04035 서울시 마포구 양화로7길 55(서교동) 신양빌딩 201호
전화 02)6082-1070
팩스 02)6082-1035
전자우편 book@jsinbook.com
블로그 blog.naver.com/jsinbook
페이스북 facebook.com/jsinbook
인스타그램 @jsinbook

ISBN 979-11-969029-8-8 03810